———————— 阅读之前 没有真相

午 夜 文 库

余生皆假期

[日] 伊坂幸太郎 著
吕灵芝 译

新 星 出 版 社　NEW STAR PRESS

目录

1	第一章 余生皆假期
43	第二章 超光速粒子战争
83	第三章 盘检
113	第四章 小兵
159	第五章 飞起来也是八分

第一章 余生皆假期

★ 一家人

"其实,老爸我有外遇了。"与我面对面坐在餐桌旁的父亲说。他那爽朗的样子,就像兴奋地宣称"我折了一根樱花枝"的天真少年似的。"对方是公司后勤部的女孩子,今年二十九岁,单身。"

搬运父亲行李的搬家公司下午两点过来,此时房间角落里堆满了纸箱。我们坐在餐桌旁,我左边是母亲,对面是父亲。这是我们一向的位置,但这个"一向"还有一个小时就要终结了。

这里是公寓的十五楼。父亲十七年前买下这里的时候——也就是我出生前不久——还是附近最高层的楼房。价格实惠房间又多,日照也很好,无疑是个难得的好房子。但如今墙壁满是污渍,窗户对面新建起的高层楼房遮住了我们的阳光,变成很难找到什么优点的状态。

"你那个啊,"我无力地挠着脸说,"外遇的事情,早就不能算秘密了吧。你觉得我们是被谁害得要搬家的?"

这间公寓对我们其中任何一个人来说都太大了。价格实惠、房间多此时却沦落为了缺点。所以我们决定卖掉它。

因为早已做好了搬家的准备,只等搬家公司过来,所以——"反正今天开始早坂家就要散伙了,不如我们利用剩下的时间一人说一个秘密吧。"母亲提议道。

"那我也没办法啊。"父亲的头发短得几近光头。他似乎觉得，与其东遮西掩那些不争气的脱发，还不如一并都剪了去。凸起的肚子惨不忍睹，脸上到处是不均匀的色素沉淀，无论怎么看，他都是个集合了四十五六岁的男人所有可悲之处的人。

"说到秘密，我也就只有外遇了啊。"父亲说。

"你总得想出一个来吧。"母亲露出浅浅的笑容说，"好吧，接下来轮到沙希了。"她转向我，"你有什么家人不知道的秘密吗？"

"真麻烦啊。"我摆弄着电话。"在重要的家族聚会上别玩手机好吗？"父亲说我，但被我无视了。"就那个吧。半年前的暑假，我不是到海边住了一晚上吗？我当时跟你们说是和美佳她们去，其实根本不是。我是和男孩子一起去的。"

手机发出收到短信的轻快旋律，巧的是，发短信的人正是与我去海边住了一晚的古田健斗。我坐在餐桌旁摆弄手机。"很闲，要出去吗？"短信的内容。我飞快地回复。平时我都会毫不犹豫地回答"好啊"，现在却回了"现在正在开最后的家庭会议，下次吧"。

"这不行。"听到母亲的声音。

我合上手机，抬起头。"什么不行啊？"

"因为你那根本不算秘密。妈妈可是知道的哦。跟你一起去过夜的是古田君吧？"

"是啊，就是古田吧。爸爸也在家门口见过他一次。"父亲也说。

我跟母亲提到过他的名字，却不记得对父亲说过，所以当父亲扬扬自得地对他直呼其名时,我内心产生了动摇,动摇又引来了更大的怒火。"烦死了。"

"都到最后了,不如说说我不知道的沙希的秘密吧。"母亲今年四十五岁,脸上的皱褶逐渐增多,皮肤实在不算好,腰间的赘肉也愈发明显。她平时也不爱打扮,但好在性情安逸,爱整洁,因此看上去既像个有气质的老女人,又像个天真的少女。

"什么最后不最后的,我只是住到高中的宿舍里,以后还是能随时见到妈妈的呀。"

"是啊,只要想见就能见到呢。"父亲死皮赖脸地附和,但我马上补充了一句"跟你是最后一次了",打断了他的企图。

"话说回来,妈妈你快把新家的地址告诉我啊。"

"以后再说。反正都有手机,随时能够联系。"办完离婚手续后,母亲的动作异常迅速,瞬间就决定了搬家地点,一下子就找好了搬家公司,还对我们保密了地址。这跟父亲"老爸今后就一个人住在这个地方了,你想来随时可以来哦",还塞给我一张认真得有点可笑的手绘地图之举完全是天壤之别。

"哦。"父亲突然发出遭到突袭一样的声音。我正奇怪发生什么事了,却见他盯着餐桌上振动的电话。不知为何,父亲一直喜欢用小灵通,而不是手机。可能是因为便宜,也可能是因为他的外遇对象也在用小灵通,总之就是类似的无聊理由吧。

"来短信了。"

"外遇对象发的?"我不留情面地讽刺道。

"不是啦。"父亲露出寂寞的表情,"这是怎么回事儿,没有发件人地址。啊,原来是从电话号码发过来的。①"他喃喃自语道。

"家庭聚会时不要玩手机啊。"

"这不是手机,是小灵通。"父亲像小学生一样狡辩,眼睛却依旧看着短信内容。

"什么短信?"母亲询问的态度真温柔,我不禁想。

"我看看。"我探出身子,一把抢过父亲的小灵通。液晶屏幕上显示出短信的内容。

　　我用随号发了个短信,不如我们做朋友吧。一起开车兜风,一起吃饭。

"原来是那种玩意儿啊。"我嗤笑道。

"什么是随号?"

"随便一个号码的意思。随便编一串号码发的短信。这个电话号码,你认识吗?"短信上还留有送信人的号码。

"不认识、不认识。"父亲理所当然地摇头道,"这是不是人家说的什么交友网站之类的东西?这算是骚扰短信吧。"

我故意像捏着死耗子的尾巴一样捏着小灵通,还给父亲。

"应该是垃圾邮件吧,虽然有的邮件目的是把你骗到网站上去,但这个肯定不是。搞不好真是跟你搭讪的。总之就是很可疑。"

---

① 日本普遍使用手机邮箱收发短信,在注册手机时,每人会得到一个手机号码和一个邮箱地址。用手机号码发送短信也可以,但很多手机默认不提示号码。

从短信的内容看，明显是男人诱惑女人的文字。但这些蹩脚的文字不巧被发送到了正面临家庭破碎的中年男人手上，我不禁开始同情那个发短信的男人，觉得他太倒霉了。

"只要不理他就没事了。"

父亲却死死地盯住那条短信。

"喂，你听到了吗？我叫你无视它，无视。"

"哦。"他敷衍道。

我无奈地看向母亲，她既不气恼，也不微笑，而是静静地看着自己的丈夫。不，他们已经签了离婚协议，所以是前夫。总之，她就那样看着这个一起生活了将近二十年的男人。

"那个……"不一会儿，父亲小声说。

"怎么了？"我不耐烦地问。

"老爸我啊，想要个朋友。"

"啊？"

"我能回复这个短信吗？"父亲可怜兮兮地说完，又盯着手上的小灵通。

"回复？你是傻瓜吗？发短信的肯定是个年轻男人，人家根本不想同你这种大叔交朋友。"

"人家好像要带我去兜风哦。"

"那是在搭讪女孩子的好吧！"我粗声大气地指正道。

父亲的声音和反应看起来意外地认真，让我害怕他是真心这么想的。

"我能回复吗？"

"别干蠢事了。"

"有什么不可以的?"母亲突然笑着说。

"妈,你在说什么呢!"

母亲站起来,消失在厨房里,很快拿了一块抹布出来,把餐桌擦拭干净。在处理掉冰箱、卖掉电视机后,这已经是家里唯一的家具了。

"那不如,"母亲在父亲身旁擦着桌子说,"你回复他,问问清楚吧。"

"啊,问什么?"父亲已经迫不及待地按下按键,开始回复了。

"你先问问,兜风的车能坐几个人?"

"什么意思?"父亲停下了手上的动作。

"再问问吃饭的事情,最好不要是中餐。沙希一吃油腻的食物就会得过敏性皮炎。"

"搞什么啊?!"我无法理解母亲的真实意图,不由得皱紧了眉头,"什么意思?"

"喂,喂。"父亲困惑地说,"我们大家都去吗?"

母亲露出了理所当然的微笑。

"这肯定不可能的。"我恶狠狠地说,同时父亲也发出"那是我的朋友啊"之类的抱怨。

☆ 年轻男子

"开搞吧。"驾驶席的沟口先生说。我在副驾上,再次确认安全带系好了。他踩下刹车,车速缓缓降了下来。沟口先生已经驾轻就熟了。在狭窄的单行道上，后面的车明显受不了我们缓慢的车速，时不时地找机会想超车，我从后视镜中清楚地观察到了那辆车的企图。我们走的这个方向车辆稀少，与之相对，反方向的交通就十分繁忙，因此后面的车应该很难找到机会超过我们。

沟口先生看了好几次后视镜，左手一直握着手刹，然后拉了起来。

我们的车尖叫一声，迅速减速。与此同时，我感到身后传来一阵猛烈的冲击，车身后部响起被撞凹陷的声音。跟往常一样，我的身体剧烈摇晃，车子又发出一声尖叫，停了下来。霎时间，周围陷入一片静寂。我重整姿势打开副驾的车门，跳了出去。

与我们追尾的是一辆白色高档国产车。

我敲着驾驶席的车窗，叫司机下来。

司机还没从突如其来的撞击中反应过来。那是个四十多岁，留着一嘴胡子的男人。我不禁想，这男人真不讨喜。中年男人的裤子上系着两根吊带，我从没觉得谁穿吊带好看，唯独这个男人歪打正着，竟那么适合。我实在看不出他到底是做什么工作的。只见那讨厌的中年男人瞪大了眼睛，张大了嘴。平时的他，很可能是那种在俱乐部或高级酒吧里在女人面前装模作样、侃侃而谈的人。

我继续敲窗子，不一会儿，车窗降了下来。

"你干吗撞我们的车啊！"我凶巴巴地说。

"不。因为你的车没亮刹车灯，我不知道要停车。"男人表情僵硬，但还是辩解道。

"什么刹车灯啊,狗屁的,你给我下来再说。你意思是说我们车上的灯坏了吗?怀疑我们车况不良吗?"我们是用手刹停下来的,刹车灯当然不会亮。

"不是的。"已经慌了神的司机不情不愿地下了车。

"唉,你这人,撞得也太狠了点。"沟口先生走到我身边。乍一看他干瘦干瘦的,虽然面相很凶,但整体感觉像个公司小职员。其实从十几岁起,他就接受专业的运动员训练,浑身的肌肉结实得很。我曾经好几次目睹他用关节技将比自己高大许多的男人轻松搞定。至于他的脸,一双眼睛尤其锐利,就像要把别人一口吞掉一样。他一皱眉就把小孩子吓哭的光景,我见过不少次了,就连大人,看到他那样的眼神大多也会吓得眼泪直打转。

"我拜托你,好好保持车距行不行?听好了,所谓的人生,最重要的就是距离感啊。"

"你要怎么赔偿我们啊?"我粗鲁地质问。这些都是早已用惯的台词,根本不用经过大脑就能说出来了。

"能跟保险公司的负责人说吗?"那个讨人厌的男人明显已陷入混乱,但还是主张先报警,然后通过保险公司来商量赔偿问题。

真麻烦啊,我想。连我都开始烦躁了,想必沟口先生现在比我还要烦躁。

"我说你啊,真觉得我们是无所事事的闲人吗?老子现在急着有事,哪儿来的时间跟你等警察,确认事故责任?你还要我跟保险负责人说?别把别人想得跟你一样闲好吗?我们看上去像无所事事的人吗？我们的时间可是按刻度计算的。"

"啊？"

男人正要反问，我马上补充道："是按分钟啊！按分钟计算的。我们的工作是分秒必争的。"

"总之，你先把驾照拿出来。"沟口先生压低了声音。

我也伸手催促道："快，拿出来。"讨厌的男人一时无言，似乎想找个理由拒绝。"快，拿出来。"我又催促道。过了一会儿，驾照就到了我手上。我从口袋里掏出数码相机，拍了张照片，把地址、姓名和脸都照了进去。这人名叫"丸尾仁德"。

"怎么看起来像夹着尾巴逃走的人会用的名字啊。"我话音刚落，沟口先生就把脸凑过来。"仁德不是怀仁尚德的意思吗？那怎么能把别人的车给撞坏呢！"他说，"等我算好修理费会给你打电话，你把号码告诉我。"

对方已经失去了反抗的意志，乖乖地在我递出的笔记本上写下了手机号码。我马上用手机拨了一遍，讨厌男的口袋里响起电话铃声。看来不是瞎编的。讨厌男已经失魂落魄了。

两个小时后，我在某陈旧居住区的公园沙坑里，跟一个小孩待在一起。这小孩不知是三岁还是四岁，我们头一次见面，彼此连名字都不知道。不过他时不时会说出诸如"小新要用这个了"的话，用"小新"来代替第一人称。所以我猜，他应该就叫小新吧。

他抄起小小的塑料铲子，在沙坑里挖掘。我们堆起一座沙山，又一起挖了个隧道，在隧道里握手。小新叫着"好痒哦"，然后笑了起来。

我们一起玩了十五分钟左右，公园入口附近出现了一个女人。她一头短发，穿着针织开衫。乍一看很年轻，但也可能已经四十好几了。

"小新，你看，是不是妈妈来了？"我轻轻拍了拍正忙着玩沙子的小朋友。他弹簧似的猛地抬起头，很快就看到了妈妈，然后挥起手来。

"妈妈——"他天真无邪地叫了一声，然后又低头堆起了沙子。

不知何时，沟口先生站在了小新妈妈身边。他看着我们，嘴里说着什么。我当然听不到内容，但大致能猜出来。

"小新真可爱呀。你看，他身边那个是我的部下。我给他发出了到沙坑陪小新一起玩的指示，所以他们现在玩得很开心。可一旦我再发出不同的命令，他就会采取不同的行动了哦。当然，我一点都不想对他发出不同的命令，因为小新实在是太可爱了呀。所以，真的，算我求你了，上次那件事就别再追究了，好吗？"

其实沟口先生根本不知道这女人是谁。

"上次那件事就别再追究了好吗"，这是她当记者时使用的口头禅。虽然不知道她是什么记者，但终归是记者。对方是政客的时候，使用的台词也差不多。如果是某块土地的所有人，最后的威胁语就可能变成"上次谈到的那个土地转让，能麻烦你考虑一下吗"？

女人以手掩口，呆立在原地。我无法想象她现在是什么心情。

"大哥哥,我做好了。"小新说。原来他堆好了一座可爱的沙山。

"哦哦,太厉害了,小新真棒。"

我瞥到沟口先生正在冲我钩手指头。我不着痕迹地点点头,跟小新简单道了别,离开了那里。

又过了一个小时,我跟沟口先生坐在快餐店里的窗边座位,店里很空,服务生好像都挺无所事事的。

"我们可真够勤快的。"沟口先生用汤匙舀起咖喱饭,边吃边说,"一早上已经干了两单活。"

连续完成了"从那个中年讨厌男那里勒索点钞票来",以及"去威胁小新的母亲"这两项委托,沟口先生看起来心情很好。

"因为两个单子刚好离得挺近。"

"效率不错,我们运气也不错。"

"是啊。"

"要是平时都能这样就好了。"

"那两个单子一共能有多少钱啊?"我用手指捻起盘子里剩下的细意面,放进嘴里。

"跟平时没两样,也没几个钱。"沟口先生用汤匙将盘子里剩下的咖喱集中到一块。

从委托人那里得到的报酬,沟口先生拿七成,我拿三成,这是我们之间的规矩。我本来是个无业游民,对未来没有任何规划,搞不好就要在漫画咖啡厅和钓到的女人家里混日子了,结果沟口先生给我提供了这么一份工作。不夸张地说,他算是我的恩人。

所以，我对这样的分配比例没有任何不满，甚至还十分心虚，觉得自己拿得太多了。

"你想多要点吗？你应该不缺钱吧？上回你过生日我给你的那张卡，额度已经用完了？"

沟口先生说的是大约半个月前，从一个男人那里抢来的信用卡。我与沟口先生一起突袭那个男人，把他狠狠地威胁了一番。那是从某个公司老板那儿领来的活儿。本来我们只想稍微施展一点暴力，吓唬吓唬他就算完了，但那男人却不知怎么想的，还把信用卡掏出来说："这个，请你们随意使用吧。"或许他是太害怕了，一心想尽快结束这场暴力吧。当时沟口先生反应神速地威胁道："听好了，要是这张卡不能用，老子还会来找你。"

后来，他就把那张信用卡给了我。"你今天生日吧，给你了。"他满不在乎地说。

"不是的。那张卡我还一次都没用过呢，而且我光是能拿到钱就觉得很不得了了。只是我想知道，自己的工作究竟值多少钱？"

沟口先生将汤匙粗暴地扔回盘子里，向后靠在椅背上。"我们得到的报酬跟做的工作不太相符，所以你还是不要想太多比较好。"

"是吗？"

"人越有钱越不干好事。整天只知道对着电脑噼里啪啦地敲键盘，对别人指手画脚。尽管如此，他们还是比那些干体力劳动，搬运货物，或制作商品的人地位高。"

"这么说,我们脱离毒岛先生出来单干,算是正确的选择啦。因为那个人总是高高在上地指手画脚。"

"呵呵。"沟口先生张了张鼻孔,"跑来委托我们的都是很小家子气的工作,上回不也那样,那人跑来要我们偷拍政客情人的照片,不知道叫田中还是佐藤的议员。净是偷拍来路不明的政客的偷情照片这样的小活儿。"

"嗯,不过也要看我们如何定义小活儿。"

"我从没想过一辈子给毒岛当跑腿的。只要出来单干,我就跟毒岛一样,从此就是小老板了。"

"就像找大企业挑事儿的个体户呢。"

"很酷是不是?"沟口先生骄傲地竖起了大拇指,但马上又皱起眉头,"不过啊,毒岛先生他们好像很生气呢。"他说了句泄气话,而且原本直呼其名,现在又加上了"先生"二字。一个面相凶恶的男人突然害怕起来,这种落差在我看来十分滑稽。

服务生走过来往沟口先生的杯子里添水,我凝视着一边发出清脆的响声,一边填满杯子的清水。

"那个,"我开口道,"其实,我今天有些事想跟沟口先生说。"

这句台词是我昨天一边看搞笑艺人演歌剧一边练习过的,没想到实际说出来反而没有排练时那么紧张。

"你不想干了吗?"沟口先生眼中闪过一道光。不过也可能是我的错觉。

"你怎么知道的?!"

"还不是靠直觉。能让你那么充满歉意地说出来的话,无非是对我没好处的。这样一来,不是找我借钱,就是找我辞职,如此而已。"

"可以吗?"我用吸管吸着杯子里残留的果汁。

"可以。"沟口先生噘了噘嘴,抬了抬眉毛,"我怎么可能这么说!"他猛地大声说。那逐渐抬高的音量让我感觉像是胸口挨了一拳,不由得向后倒去。"我教你干活儿,让你独当一面,你知道老子有多辛苦吗?好不容易你能管点儿用了,却跟我说你不干了,有病啊你。老子好不容易从毒岛那儿独立出来,正要施展身手呢。你太小看我了吧?"

"我怎么可能小看你呢……"

"那是为什么?难道你突然想回老家照顾双亲了吗?"

"啊,是的。"我想也不想就回答了。我想起自尊心很强,喜欢打扮,实际上也确实给人时尚印象的母亲。她十分在意我的考试成绩,总是很鄙视我的班主任。

"少骗人了,你双亲不早死了吗?"

"啊,那是骗人的。"

"没死吗?"

"啊,不,都死了。"父亲病逝,母亲在我初中还没毕业的时候就遭遇交通事故去世了。虽然这对夫妻的关系从来没好过,但最后这种孤独的离别还是让我很是感慨。"我说要回老家照顾父母是骗人的。"

"烦死了。"沟口先生苦笑道,"那到底是为什么?你要开始一段寻找自我的旅程吗?"

"寻找自我？我才不找呢。我就在这里啊。"

"你说得没错。自我根本不用寻找，你有时能说出很值得深思的话来。不过算了，把理由告诉我吧。为什么你不想干了？"

"其实也没什么特别的理由，只是觉得我的工作总是让别人怕得想哭。"今天那个开豪车的讨厌男，还有在公园见到的小新的母亲都是。"看着别人那么痛苦，我一点都不快乐。"

"要是你快乐了，那就不叫工作了。"沟口先生叹了口气，"我突然理解一个父亲面对满口理想的儿子是什么心情了。"他不耐烦地说。

"所以我想先辞掉再说。既然要做，不如做些开心的工作。"我有种将所有话都说出来的成就感。

"你是不是被熟人或妹子灌迷魂汤了？"

"我没有朋友，更没有女朋友。"

沟口先生好像观察了我一会儿。一开始他眉头紧皱，似乎恨我恨得不得了，我不禁想，沟口先生生气起来真是太可怕了。过了一会儿，他给我的压迫感消失了。他长长地、长长地叹了一口气，连杯子里的水都泛起了波纹。

"好，我明白了。"

"啊？"

"我当然很生气，也很难理解，不过，我倒是不讨厌你。所以啊，我也没打算强迫你留下来。"

"沟口先生。"

"搭档不想干了，我还强迫他跟我一起说相声，这样根本没办法把观众逗笑。一样的道理。"

我无法理解为什么话题会突然变成相声，但还是兴奋地说："那，我真的能走啦？"

沟口先生竖起食指，指着我的鼻尖。"但有个条件。"

"条件？"我感到胃部一阵抽痛。当我们向某些人提出条件的时候，多数都是"只有自己能获益"的条件。

"你刚才说，你没有朋友，是吧？"

"没有。"我根本自豪不起来。

"很好，那么，去交。"沟口先生笑了。

"交？"

"把你电话拿出来，照我说的写一条短信。"

"发给谁啊？"

"我给你随便输入一个号码。你的手机不是不用邮箱地址，就能直接给电话号码发短信的吗？"

"这样就能交到朋友吗？"

"要是能收到肯定的回复，你就毕业了。"

"肯定没戏的。"这种事情连我都能想象出结果来。突然收到一个陌生人的短信，要跟自己"做朋友"，谁会回复说"好啊，我们交朋友吧"？在短信和网络诈骗横行的世道，谁会如此毫无防备呢！

"这是我对你的让步。好了，电话给我。"

"要是事情没成，怎么办？"

"那你当然就不能辞职，还要被剁掉一只耳朵以示惩罚。老子要把你那有福气的大耳垂给弄成破财相。"

"真的吗……"

"真的哦。"沟口先生不断用手势催促我快把电话交出来,"我想起我老爸以前说的话了,他说'交朋友比生孩子还困难'。"他补充道。

沟口先生还是个孩子的时候,经常被父亲施暴虐待,我想起他对我说过的那些经历。恐怕他父亲自己就没什么朋友吧。

"我从小学起就没有交过朋友。"我说。

"那你的人生可真够寂寞的。"

"不过还是有几个关系还算不错的同学。啊,话说其中一个人最近上了报纸,把我吓一跳呢。他好像当了电影导演。"

"那不是很厉害嘛。什么电影?"

我将还依稀记在脑中的电影名说了出来,沟口先生似乎理所当然地表示没听说过。"嗯,总而言之,交一个意气相投的朋友,再找个值得信任的医生,这是人一生必须做到的事情。"

"是啊。"

"快发短信,马上交个朋友。不然你就完蛋了。"

我从口袋里掏出小灵通,递给沟口先生。然后缩回手来,摸了摸耳垂。

★ 一家人

驾驶银色紧凑型轿车的男人,自称冈田。

"冈田先生,那可不正常啊。"我坐在后座的左边,因此可以看到斜前方的驾驶席①。可以肯定的是,他绝对只有二十几岁,身高差不多有一百八十公分吧。胸肌厚实,体格健硕,一头黑发既不长也不短,给人一种介于运动员和帅气青年之间的印象,但明显看起来就不是好人。或许是因为他那双眼皮的眼睛散发出的眼神太吓人了吧。

"你觉得发那种短信真的能交到朋友吗?"

"我也吃了一惊。"冈田回答。他握着方向盘,稍微斜过脸来,"没想到竟然真有人给我回复。"他似乎没在看我,而是看着副驾上的父亲,"而且还住在开一会儿车就能见面的距离内。"

看到"我们做朋友吧"这样的可疑短信之后,父亲照着母亲的指示回复说:"我们做朋友吧。我是个四十七岁的男人,我妻子今年四十五岁,女儿十六岁,我们能一起跟你做朋友吗?"虽然父亲哀叹"这样肯定会让别人觉得我在耍他的",但最终还是一字不差地把短信发了出去。原来他真的想交朋友啊,我不禁哑口无言。

"我也吓了一跳。"父亲在副驾上嘿嘿笑着,"没想到你真愿意带我们出来兜风。"

母亲坐在我旁边眺望着窗外。冈田先生给我们回的短信——当然,当时我们并不知道他叫冈田——是"知道了,我会开车过去接你们,你定一个碰头地点吧"。收到他的回复时,父亲十分震惊,有些难以置信地坐到椅子上。母亲却不同。

---

① 日本车辆靠左行驶,驾驶席在右侧。

"在这个家庭解散的日子里,能制造一些美好的回忆也不错啊。"她似乎打从心底里感到高兴,"我们可以把门开着,让搬家公司忙活,我们出门去。"

"冈田先生,你经常干这种事情吗?"我问,"你经常像这样搭讪别人吗?"

"这是第一次。"

"目的是什么呢?"我继续追问,"这样实在太不正常了,你到底有什么企图?"

不知是否因为父母离婚和搬家使得我头脑一片混乱,此时我已经失去了冷静。无论怎么想都太奇怪了。我们有可能被带到可疑的地方去,搞不好这会儿已经被绑架了。

"正常是什么?"冈田先生突然不用敬语了。虽然话语里隐含着恭敬的感觉,但这人果真很可怕。

"正常人不会随便搭讪别人,更不会带着不认识的一家三口出来兜风。"

"我没有什么企图。正如我短信上说的,只是想交个朋友而已。一起吃饭,一起兜风。"

绝对不可能只有这些,我心想。哼,我一边哼哼,一边掏出手机。古田健斗给我发了一条:"怎么样,联合国会议结束了?沙希跑出来也没关系吧?"我马上回信道:"还要一会儿。你别看我这样,人家好歹也是家里的常任理事国,不能随便跑的。不过现在情况有些奇怪,等结束了再给你说。"写到这里我猛地回过神来，又写道："要是到了深夜我都没有联系你，一定要起疑心哦，因为我有可能被卷入什么事件了。"我没把具体的事情写上去，是因为内心多少有些期待，期待他会为我担心。

"不过，那个……"冈田先生说，"你们一家三口的关系真好，还要一起行动。你家女儿，是叫沙希吧？是高中生吗？"

"嗯，算是。"我尽量用最不招人喜欢的方式草草回答了他的问题。

"我们也不算关系好。"父亲尴尬地说。

车子开进国道，我不知道他到底要往哪儿开。我们刚见面的时候，冈田先生可能说过此行的终点，但我毫无印象。走在三车道正中央的小车不断超越左侧车道的车辆，又换到右边车道上，超过前面速度缓慢的车子。我心想，真快啊。跟父亲开车相比，他的速度更快，行驶也更平稳。

"我们今天就解散了。"说话的是母亲，"我们已经离婚了，今天就要搬出公寓。"她毫不停顿地继续说，"沙希说想住到高中宿舍去。从明天开始，我们三个人就要分开住了。"她总结道。

其实，因为宿舍不能马上入住，我还要到朋友家借宿十天左右，但这件事被我保密了。

"哦。"冈田先生应了一声。他的回应有点儿含糊，让人听不出到底是关心还是不关心。"你们解散，是因为对音乐的理解不一样吗？"

我不知道他是不是在开玩笑，应该说，这一点儿都不好笑。

"原因是这男人有外遇。这个大叔。"我指着副驾说。

"哦。"他又应了一声，瞥了一眼父亲。

父亲则嘿嘿笑着说："唉，现在后悔也没用了。"

"夫人，你很生气吧？"冈田先生似乎在跟自己身后的人说话，他看着后视镜。

"那当然啊。"母亲的声音非常平和。即便在父亲的外遇曝光后，母亲也从未失控。她并不发怒，而是像沉思一般缄口不言。但那种无言正是母亲生气的证明。"不过今天总算是要分开了。"

"我真想让冈田先生亲身体会一下这半年间我们家那种沉重的气氛。"我感叹道，"和待在家里比，我觉得在上班高峰的电车里要好一亿倍。连空气都比我家要好一万倍。"

"看来你们之间的气氛很紧张啊。"

"什么很紧张，简直是宇宙无敌霹雳紧张好吗！"

"宇宙无敌霹雳吗？"冈田先生忍不住笑了出来。

车子在红灯前停了下来。一旦没有了行驶声和说话声，车里就变得十分安静。用咳嗽来打破沉默未免太奇怪，勉强寻找话题也很麻烦，我正准备重新开始摆弄手机，冈田先生开口了。

"不过，解散乐队出来单飞，最后又成功了的，好像只有矢泽的阿永，还有奥田民生了吧。"他对我们中的一人说，不过更像是自言自语。

"能不能别把我们当成乐队啊。"我反驳道，"而且，还有别人也成功了啊。"

☆ 年轻男人

"为什么兜风的终点在这里呢？"早坂先生来到我身边，坐在长凳上问。

他两只手都拿着罐装啤酒，并递给我一罐。可我刚要接过来，他又把手缩了回去，说："啊啊，你还要开车呢。"那动作似乎是故意耍我。

我面前是一片湖水。开了一个半小时，找到一个假日里却空荡荡的停车场，湖周围也没什么人。

"听说这个湖从上空看几乎是圆形的哦。周长有三十公里。"我指着面前那个没有一丝波浪、平静得如同镜面一般的湖，"大约五万年前，这里的火山喷发，河流被岩浆截断，形成了堰塞湖。"

"你懂得真多啊。"

"我还是孩子的时候，双亲带我来过这里。我爸和我妈。"我说完，猛然醒悟到，对我来说，那是第一次也是最后一次家庭旅行呢。难怪我会跑到这里来，我不禁想。考虑要跟早坂一家到哪儿兜风时，我几乎没怎么伤脑筋，就自然而然地想到了这个湖。或许是从家族旅行联想到的吧。"我居然如此单纯啊。"

"你跟父母关系很好吗？"

"不。"我马上回答，"我爸妈是一对夸张得让人忍不住发笑、在育儿事业上一败涂地的父母。他们只会把自己僵硬的想法加在孩子身上，认为孩子的任何失败都不能容忍。"我并没把他们在我正值青春期的时候就去世了的事情说出来。

"冈田先生，你是做什么工作的？"

我沉吟片刻,回答道:"我刚刚失业。不过在那个'刚刚'之前,我做的工作也挺难启齿的。"

我自己都不知道沟口先生的那个工作该怎么归类。稍微超越了法律范畴,非常琐碎,类似于替人跑腿的工作。

替人作恶,就像买凶犯罪,反正不是什么值得赞扬的工作。

"是很难说出口的工作吗?"

"多亏了早坂先生,我总算能把它辞掉了。"

"哦?怎么回事儿?"

"我真没想到,会有人回复那条短信。"

"那个啊。"早坂先生自己好像也觉得挺奇怪的。

"先外遇,再离婚,你现在的心情如何呢?"我并无恶意地问。

"后悔也来不及了。"

"这个你在车里说过了吧。"我想起来了,"有没有不舍呢?"

"我什么都舍不得。"

我一边听,一边想象早坂先生体内不断盘旋翻搅的不舍之意。"你跟那个外遇对象不再继续了吗?"

"不再继续了。"早坂先生并没有继续这个话题。我想起以前一个同学的父母离婚的事情。当时也是因为他父亲有外遇,而且,他跟外遇对象好像也没有持续下去。

然后,我又想起撞上我们奔驰车的文具店老板。那男人当时也跟外遇对象在一起,所以面对我们时完全没有底气。

对话停了下来。气氛并不坏。清风在湖面吹起阵阵波纹,似乎也在我心中引起了共振,心脏跳得像小动物的鼻息。安静平稳,很舒心。

"你觉得,怎样才能挽回我们的关系?"早坂先生轻声问。一开始我根本没觉得他是在对我说话,还误以为他是在对湖面倾诉。

我转头一看,发现早坂先生正看着我。在他后面,早坂沙希坐在停车场的台阶上摆弄手机。

"你想挽回吗?"

"如果可以的话。"

"我觉得你最好还是不要想那种事情。"我还没反应过来,话已经出口了,"一味沉湎于过去是毫无意义的。一直看着后视镜是很危险的,会出交通事故哦。开车的时候必须专心地看着前进的方向。已经走过的路,只要时不时地回顾一下就可以了。"

早坂先生应了一声,难以分辨是叹息还是回应。

我把早坂先生留在原地,离开长凳,向后走去。就在我走过穿着牛仔裤坐在台阶上的早坂沙希时,被她叫住了。

"喂,冈田先生,你到底有什么企图?"原本一直盯着手机的她,此时看着我。

"我刚才已经回答过你了,没有什么企图。"

"可是,你不觉得这样太奇怪了吗?"

"这还不算奇怪。"此时我脑中浮现出几年前,我还没遇到沟口先生时,在闹市大施暴力的光景。我当时因为心情烦躁,便对刚好路过的公司白领大打出手,拳打脚踢,直到对方无法动弹。因为火儿还没撒完,我又扯开牛仔裤的拉链,掏出性器,准备对着那人撒尿。周围围了一大群看热闹的人,但因为太害怕我,所以没人上前阻止,这我可以理解。但其中竟还有毫无责任地交头接耳、为此兴奋不已的人,这让我实在无法忍受。像那帮看热闹的人一样令人难以理解的事情实在是太多太多。那些人算什么呢?只知道站在安全地带,为了舒缓自己的郁闷而围观别人受苦。

"冈田先生,你是做什么的?"

"你父亲刚才也问过我,我今天才把工作辞掉。"

"无业?"

"是的。"

"那怎么行?"

"怎么不行了?从明天开始,我的余生就都是假期了。我要度假。"

"我听不懂你在说什么。"早坂沙希目瞪口呆,但总算抬起头来看我了。"不过度假真的很好呢。"她笑道,"不如我也学你吧,余生皆假期。"

烦恼了好一会儿,我决定不客气地实话实说:"你还早得很呢。"

★ 一家人

离开静谧的湖边,本以为要原路返回,车子却在途中绕了个道。又开了一会儿,我趴在窗边感叹道,"这个酒店好大啊,这种地方肯定是有钱人才会来的吧",却听到冈田先生说:"我们在这里吃饭吧。"然后把车子开了进去,这让我吃了一惊。

父亲的惊讶程度也丝毫不逊于我,因为我们家根本沾不上半点有钱人的边。母亲倒是很冷静,她赞同道:"反正是最后一次了，奢侈一下也不错呢。"

"当然，我来请客。"冈田先生等我们走到餐桌旁落座，翻开制作豪华的菜单后才说，"这张卡的额度应该挺高的，你们随便点吧。"他甩了甩右手上的信用卡。

"这怎么行，不能让你破费的。"父亲推辞道。

"你这么大方，反而更可怕了。"我说。

"因为是我在短信上邀请你们吃饭的。"冈田先生笑道。

"难得这么一次，我们就恭敬不如从命吧。"最后还是母亲拍了板。

我点菜挑得左右为难。因为实在不知道可以点什么价位的，不可以点什么价位的，这种世间所有人都能掌握的事情，对我来说却是个难题，让我不知所措。不知是不是我们的表现过于难看，只见母亲"啪"地合上了菜单。"不如我们都这样吧，就点季节限定的全套大餐。"她指着桌上摆着的特别菜单。

"啊，那就这个吧。"冈田先生马上表示赞同。既然如此，我和父亲也就无法再反对了。

背挺得笔直的服务生走了过来，向我们一一确认葡萄酒要如何如何，前菜要如何如何，肉的烹调方式要如何如何等问题。我听着那些问题简直头都大了，父母却回答得十分淡定且明确，这让我在心里感叹了一番。

"真让人怀念啊。"父亲稍微探身，把餐巾夹在领子里，然后说，"过去经常到这样的餐厅来呢。"

我奇怪他在对谁说话，后来发现是对母亲。他很少用这样的语气对母亲说话。

"那是二十多岁时的事情了。"母亲点头道,"当时我们除了到处找好吃的,也没别的事情做了。"

"呵呵",我应了一声。坐在我对面的父亲,戴着餐巾的样子实在太丑,让我觉得很尴尬。

"到处找好吃的。"冈田先生也加入对话,"那种事情好玩吗?"

"嗯,如果你喜欢吃东西的话。"母亲说,"冈田先生有喜欢吃的东西吗?"

"怎么说呢,我好像没太想过。"

"这种事情应该不用想的吧。"我忍不住插嘴道。

冈田先生只是耸耸肩,并不回答我,然后举起杯子说:"干杯吧。"

"这真是一次快乐的散伙呢。"母亲看着我说,"但并不是结束,明天又是一个新的开始。"

"明天开始都是假期。"冈田先生又说。

"假期,真不错呢。"母亲马上回答,"是啊,我和你父亲辛苦了这么多年,明天开始就能享受假期了。"

"我可不需要什么假期。"

"总之,为我们用短信获得的朋友干杯。"冈田先生举起酒杯。母亲很有气势地说了一声"干杯",父亲只小声应了一句,我的声音则更小了。

饭菜很美味。与我家最近毫无对话、只有沉默和重重阴影覆盖的晚餐相比,这顿饭更加开放、舒畅。

吃饭时冈田先生问："夫人，你从明天起要怎么称呼早坂先生呢？因为已经不是家人了，不能像往常那样叫了吧。"

父亲闻言，却很认真地反驳："家人就是家人啊。"

母亲冷静地回答："从明天开始就不会见面了。"她微笑着。

我也笑着说："不过，还是有可能偶然碰到的嘛。"

"到时候，我可是会认认真真地称呼'早坂先生'哦。"母亲一边说，一边把叉子上的白身鱼送进嘴里，并小声称赞道，"真好吃。"

"那样太见外了吧。"父亲神经质地舞动着餐刀，发出几乎能割伤餐盘的刺耳声音。

"不已经是外人了吗？"我也吃了一口鱼肉。酸酸辣辣的味道十分可口。

周围的餐桌渐渐都坐上了人，客人们动作优雅地用着餐。老年男女尤其多，而且明显是夫妇，我不禁对他们升起一种尊敬之情，因为他们一直没有散伙，携手走向了晚年。就像那些维持了好多年都没有解散的摇滚乐队一样。

"对了，冈田先生，我想问问你，你有什么秘密吗？"在鱼肉被撤走，桌上突然变空的时候，母亲突兀地问道。

"秘密？"冈田先生尴尬地用餐巾擦了擦嘴角，"什么秘密？"

"我们不知道的秘密。"接下来，母亲又笑着说，今天本来要让家里人每人说一个秘密的，但谁都不愿意说，一点都不干脆。

"只是一时间想不出来而已。"父亲苦笑。其实我也一样。要是真有什么秘密，我早就说了。

"对早坂一家保密的事情啊。"冈田先生动了动嘴唇，露出苦恼的表情，"有什么呢……"

我本来就坚信他有什么企图，这时更是急切地想，赶紧把你的秘密交代出来吧。

"这个嘛。"冈田先生思忖道，"这个啊……"他又说了一遍，然后掏出刚才给我们看过的那张信用卡。"真要说的话，"他先说了这么一句，"这张卡其实不是我的。"然后咧嘴笑了。

"呃。"父亲一脸讶异，仿佛觉得自己成了犯罪同伙，吓得面色苍白。

"这是别人的卡，我不认识的人。所以你们不用客气，随便点菜就好。"

我的脸一定在抽搐。

"我倒是不希望你说出这种秘密来。"

父亲本来就不擅饮酒，稍微喝一点儿就满脸通红。然而此时他却面色苍白。"不好意思，我想吐。"他说完突然离开了座位。虽然我觉得刚才葡萄酒确实喝得有点快，但还是头一次见他反应如此剧烈。

看着摇摇晃晃往厕所走的父亲，冈田先生丢下一句"我怕他出事，过去陪着"，也追了上去。桌边只剩下我和母亲。

"真难看。"我对坐在左边的母亲说。

"我很久没见他醉成那样了。"母亲有些吃惊。

"对了，妈妈有什么秘密吗？"

接下来应该只有甜点了，餐桌上有种庆典之后的冷寂气氛。

而我会有这种感觉,应该是因为这顿饭真的很好吃吧。

"秘密……吗?"

"妈妈肯定有的吧。"

"我只是个很普通的大妈啊。"

"比起老爸,我还是更害怕妈妈,因为你有种让人看不透的感觉。"

"没有啊。"母亲悠闲地说。

"你就说一个秘密吧。连老爸都不知道的。"我借着酒劲说,感觉跟电视上那种一边说着"就让我摸一下嘛,又不会少块肉",一边扑向吧女的中年大叔没什么两样。我把身体靠过去,冲母亲撒娇道:"告诉我嘛,又不会少块肉。"

"那,这个怎么样?"母亲举起水杯凑到嘴边。服务生走过来,问我们是否可以上甜点了。"请吧请吧。"母亲如此回答后说,"过去啊,在跟你父亲认识以前,我曾经被男人骗过一次。"她的语气听起来满不在乎。

"啊,怎么回事儿、怎么回事儿?"听到完全出乎意料的告白,我顿时心跳加速。

"那人长得很帅,我忍不住就贴上去了。"

"骗人的吧,你给他钱了?"

"不仅是钱,还有身体和心。因为当时工资很低,我还瞒着公司到小餐馆去打工呢,结果还把身体累坏了。你说惨不惨。"

"那人是做什么的?"

"那人啊,是个医生。"

"医生为什么要骗你的钱啊！"

"是吧？！搞不好他只是想让女人对他言听计从。因为我每次稍微一回嘴，他就会说'你一个女人懂个屁'，还会动手打我，把我当成奴隶一样。"

我瞪大了眼睛，一动不动地看着母亲。她的表情不像在开玩笑，而且母亲说这么无聊的谎言也没什么好处。她没说谎，刚回过神，我就兴奋了起来。

"那也太差劲了吧。"

一想到那种人居然是医生，我不禁开始同情起病人来。

"而且，他除了我还有别的女人呢。"

"怒发天，怒发天啊①。"我用了个最近才听说的词，"怒发天，那不是得气死人了。"

"不过都已经是二十年前的事情了。我后来跟他分手了，没多久就遇到了你父亲。"

"老爸他不知道吗？"

"我觉得没什么好说的。结果一下就过了二十年，也就没有说的必要了。"

"你肯定没法原谅那家伙吧。"我光听就已经气得不得了了，恨不得一叉子插死那个如今并不在场的男人，而且还是二十年前的男人。

"沙希，很危险哦。"被母亲一说，我才发现自己真的在挥舞

---

① 其实是一个摇滚乐队的名字。译者猜可以理解成怒发冲冠，也就是气死人了的意思。应该是近期流行于日本年轻人中的词汇。

叉子,"虽然是我的秘密,但这种事情也不算十分罕见。"

母亲的语气还是那么轻快。

☆ 年轻男人

早坂先生对着马桶,意欲呕吐,但他的睡意似乎更加强烈,因为还没等吐出来,他就先靠在门上睡着了。我赶紧扶住他,好不容易把他拖回桌子边。此时甜点已经在桌上摆好了。

"早坂先生好像要睡过去了,怎么办?"我问。

早坂沙希挥舞着叉子,气势惊人地说:"没事,我把老爸那份也吃掉就好。"

"我不是说那个。"

"啊,没事的,你让他坐下吧。要是他快跌倒了,我会扶住的。"早坂夫人安静地说。于是我照她所说,帮助早坂先生坐到椅子上。一开始他不停地往下滑,换了一个角度之后总算稳住了。

我坐回自己的座位上,把面前的蛋糕塞到嘴里。甜味在口中扩散,我心中一惊。因为此前我一直对这种点心没什么兴趣,现在一吃,发现其实挺美味的。想到世界上还有很多我不知道的美味食物,不禁激起了好奇心。

我三下两下解决掉自己的那份,然后起身到前台去结账。

我把信用卡递给收银员,正在伪造签名的时候,目光撇到早坂夫人正斜着身子,张大了嘴,用平静的目光看着早坂先生。

早坂先生根本叫不醒,我只能扶着他离开酒店。我把早坂先生拖到停车场，塞进副驾，费劲地帮他扣上安全带，然后回到驾驶席。早坂夫人已经坐在后座上，用充满歉意的声音对我说："不好意思，真是麻烦你了。"我叫她别介意，因为我们是朋友，然后点燃了引擎。看看车里的液晶时钟，已经是晚上八点了。"这最后一晚终于要结束了啊。"

我用力踩下油门，开上笼罩在夜幕中的机动车道。逆向车道上的车灯排成一列，就像路边的火把。

"我们本来并没打算在最后一晚搞活动。"早坂沙希说，"对吧？"她在问坐在旁边的母亲，但并没有得到回答。我透过后视镜一看，她只顾看向窗外。每路过一盏路灯，她的表情就会清晰地浮现出来，嘴角，竟带着笑意。

我在红灯前把车停下，口袋里的手机响了。我伸出手，摸索着拿出电话，放到耳边。

"开车打电话是违法的哦，违法。"早坂沙希在后座上说，但我假装听不到。

打电话的是沟口先生，我一接起电话，他就挺尴尬地半开玩笑道："哟，好久不见了。"然后又说："怎么样，你真见到那个回短信的人了？"

"我们现在还在兜风呢。"

"不会吧。"我不知道沟口先生到底有多相信我的话。

"怎么了？"

"我找你是为了今天的活儿，我们不是让一辆车撞了嘛。"

"哦，是那个叫丸尾还是啥的吧？"

"没错没错!"沟口先生大声说,"就是丸尾小同志。你不是用相机拍了那家伙的驾照嘛。"

如此说来,我好像的确没把照片拷给沟口先生。

"我等会儿给你送过去。"

"拜托了。最近这些事情一直都交给你来办,搞得我现在是焦头烂额啊。"沟口先生笑道。他笑了很久很久,声音慢慢变得干涩。我察觉到那是他为了避免沉默的尴尬而发出的干笑。

"发生什么事了,沟口先生?"

笑声戛然而止,电话那头陷入了沉默。

"不好意思。"沟口先生突然压低了声音,"那啥,我都怪到你头上了。"他突然换上调侃的口气。

"怪到我头上?"

"毒岛的部下刚才跑到我这儿来,发了一通脾气。我实在没办法,就把你说成了主犯。说是你厌倦了替毒岛干活,撺掇我独立出来的。"

"我根本就不是当主犯的那种人啊。沟口先生你应该最清楚才是。"

"我的确知道。"我能想象沟口先生在电话那头露出苦笑,"不过,他们好像相信了。而且,他们好像觉得你逃了,正在找你呢。"

"是吗……"我并没有责怪沟口先生,甚至觉得这才是沟口先生的作风啊。自己面临危险的时候,将责任推给身边的人。作为策略,这样的确不坏。

我一边打电话,一边看着横穿马路的一对年轻男女。这么晚了,他们要去哪儿呢,莫非他们也在享受假期吗?我呆呆地想。

"他们最擅长抓逃兵了,你小心点儿。"

"被抓到了会怎么样?"

"你懂的。"

以前,有个背叛了毒岛先生的人被大卸八块,扔到了海里。

沟口先生说了句"再见",我准备挂掉电话的时候,那边又说:"啊,冈田,还有……"

"什么?"

"那啥,我已经把《骷髅十三》目前为止出的单行本都看完了。"

之前沟口先生说,想试着完成一些事情,然后又说不如把当时已经发行超过一百部单行本的漫画《骷髅十三》读完吧。我还以为他是在开玩笑,没想到他竟真的在悄悄挑战这件事。

"学到什么了吗?"

"这个嘛。"沟口先生思索片刻,"我觉得,Golgo[①]可真厉害。"他说。

我轻笑一下。"那种事,看一本就知道了吧。"

"这倒是。"

电话挂断了。我认为今后应该不会再跟沟口先生说话了,随后又想,刚才真应该说些更有意义的话。

"喂,人家都开走了哦。"早坂沙希敲了敲驾驶席。我慌忙放下手刹,开动车子,总算追上了先开出去的车辆。

---

①漫画的主角,一个杀手。

"喂，刚才是什么电话？"早坂沙希用鞋尖顶了顶驾驶席的椅背。

"没什么事。"我边说边瞥了一眼后视镜，发现早坂夫人正盯着我看。而且她正忍着笑意，眼神中似乎有些惊讶。

"怎么了？"我问。

"刚才那个丸尾是谁啊？"她问。

我不明所以，便说："是今天刚认识的一个男人。"然后又补充说："衣着光鲜的丸尾先生。"

"妈妈，怎么了？"早坂沙希抢先发问。

"我刚才不是跟你说了吗，年轻时骗了我的那个人，他也姓丸尾。"

"啊，不会吧！"

后座一下子热闹起来，我根本不知道发生了什么事，感觉比在副驾上呼呼大睡的早坂先生还格格不入。

"喂喂，冈田先生，那个人的全名是什么？"早坂沙希的话就像敲在后脑勺上的闷棍一样。

我觉得自己不该掺和到他们的事情里去，但此时我反射性地想起了那个男人的名字，他叫仁德。

"丸尾仁德。"

早坂夫人猛然露出惊讶的神情。

"喂，妈妈，是他吗？是一个人吗？是吗？如果真是，你肯定不会放过他的吧？"早坂沙希嚷嚷着，"冈田先生，快去痛扁那家伙一顿，然后狠狠地勒索他。"

她真是太闹了。早坂夫人并未回答女儿的问题，而是意味深长地扬了扬嘴角。

★ 一家人

"冈田先生怎么还不回来啊？"

车子已经在便利店的停车场里停了三十分钟。我坐在后座上伸了个懒腰。

"不如按照冈田先生说的，要是过一会儿他还不回来，就由沙希来把车开走吧。"母亲说。

"你想让一个高中女生无照驾驶吗？"我被母亲吓到了。要是她真这么想，那就太可怕了。"妈妈这个玩笑开得太大了。"

从便利店走出来的客人坐进了旁边的黑色厢型车。不一会儿，车子就开走了。我们旁边的车位已经换了好几辆车，似乎只有我们这辆银色小车一直盘踞在此。

三十分钟前，冈田先生突然把车停在了路边。我正奇怪，就听到他说："后面有车追过来了。"说完，他就熄掉了引擎。我猛地回过头去，只见十几米开外的地方有一辆小轿车。那辆车同样亮起了应急灯，停在路边。

"追过来了？为什么？"

"我出去一下。"冈田先生解开安全带，下了车。我把头凑到后车窗边，眺望着那边。冈田先生与几辆车擦肩而过，走到后面那辆小车的驾驶席旁。对方似乎打开了车窗，他们说了几句话，没一会儿，冈田先生走回来说："我到那边的便利店停一下车。"

"他们是什么人?"

"是毒岛先生的朋友,他们很生气。"冈田先生满不在乎地说。他并没有解释毒岛先生是谁,而是发动汽车开进了停车场。然后停下车,从座椅中间探过身子。"你拿着这个。"他把车钥匙给了我,"要是我三十分钟后还没回来,这辆车就送你们了。"

"啊哈?"我理所当然地对这个无聊玩笑感到惊讶不已。

"怎么了?"母亲似乎也很疑惑。

"因为不能让早坂一家等太久,所以要以防万一。"他说。

"可是,我和妈妈都不会开车啊。"

"这是自动挡的,很简单。"冈田先生笑眯眯地看着我。我猛地产生了正在跟同年级男生说话的错觉。"只要把这根杆子推到驾驶挡,车子就会动了。"

"就是推推杆子?"我虽然一点都不想开这玩意儿,但还是不由自主地顺着他的话说了下去。

"嗯,然后车子就会自己往前跑了。"

冈田先生走出车子,坐进那辆小车里不知去哪儿了。于是,我们就被扔在停车场,无所事事。

"今天可真奇怪啊。"我伸完懒腰后,开始观察手上的车钥匙。

"留下了很深刻的记忆呢。"母亲安静地说。

从明天起,这个人要在哪里、如何生活下去呢?不知为何,我突然开始担心母亲。我跟她并排坐在并不宽敞的后座上,目不转睛地凝视着她的侧脸。母亲总说当年她的父母实在是不知世事,但现在想来,搞不好她说的是自己啊。

父亲在副驾上蠕动起来。看来他在家庭即将解散的前一秒，总算及时恢复了一些意识。不过，他并没有从酒醉中清醒过来，只是开始喃喃一些像梦话一样意义不明的语言。

"说什么呢？"我说，母亲笑了起来。

收到了一条短信。"沙希，没事吧？家庭会议结束了？"我正要考虑如何回复，却不知为何，开始想象冈田先生回来之后的事情。

"冈田先生，请你一定要跟我老爸做朋友。"我肯定会这样恳求他。而他则会瞥一眼副驾上的父亲，轻蔑地说"我才不要跟醉鬼做朋友呢"——会是这样的吧。

母亲忽然说："刚才冈田先生说的话，真好呢。"

"什么话？"

"只要把杆子推到驾驶挡，车子就会自动前进了。"

我看着她的侧脸。

"你不觉得那样很轻松吗？无须任何精神压力，自然就能前进了。"

"是吗？"我嘴上虽表示怀疑，心里却默默地寻找起自己的挡杆。

第二章 超光速粒子战争

雄大在等红灯。那是一条有隔离带的宽敞车道，在雄大面前延伸的人行道自然也很长。他刚从学校出来那会儿，还兴奋地跟同学谈论今天跟四年级学生踢的足球比赛，整个人激动得不得了。但当他在上一个十字路口与同学道别，走到这个十字路口来的路上，脚步却渐渐沉重起来。

"雄大。"有人叫他的名字，他回头一看，是三年级曾经跟他同班的同学。他拍拍雄大的书包，说了声"再见"，然后跑走了。虽然并没有恶意，但雄大还是感到背部一阵疼痛。

雄大卸下书包，将其拿在手上。他很想知道背部是个什么状况，但就算扭着脖子也看不到，伸长了手也够不着。

此时，背部突然一凉。秋天舒适的风轻抚过皮肤。

"啊，你这是被揍了吧？"背后响起一个声音。

"呃……"雄大慌忙回过头去。

有个成年男子蹲了下来，掀开雄大的上衣，开始检查他的背部。

"我说，你这是被揍过的痕迹吧？都瘀青了。是最近才弄上的对不对？"男人站起来，雄大看到一张满是胡楂儿的脸。这个中年男子，嘴虽然是笑着的，眼睛里却满是怒意。

男子跟父亲上班时一样，穿着一套西服，但不知为何，雄大并不觉得这人是在公司上班的人。那人背后还有个年轻男子，黑头发，下颚紧绷着，胸肌十分明显。

"沟口先生，你在对小学生干什么呢？随便掀人家衣服，这样不太好吧。"

"冈田，这个我很懂的，因为我小时候也经常被老爸痛扁。小孩子身上的瘀青一般只有三种可能：一种是淘气碰的，一种是被小朋友欺负的，最后一种就是家长虐待的。不会有其他了。"

"哦，是吗？"被叫作冈田的人有些心不在焉地回答，"原来沟口先生也有那样的童年啊。"

"可是，再怎么淘气也不太可能弄得背部瘀青。来，你看这个。"沟口不但没放下雄大的衣服，反而让冈田也来看。雄大感觉自己的背被他们当成游戏机屏幕了。别这样，他想说却说不出来。"这应该是用什么东西抽的吧，看上去不像拳头的痕迹，倒像是鞭痕。"

很痛，雄大挣扎着。

"抱歉，很痛吧。不会有错了，肯定是被他老爸揍的，所谓的'家法'。"

"家法？这个称呼也太老了吧。是责罚吗？"

二人完全不顾雄大的想法，对雄大的背部品头论足。

"哼，所谓的责罚从来都是施罚者随心所欲。孩子没有错，就算有，也没有错到要被揍成这样的程度。"

"沟口先生，你有这么喜欢小孩子吗？"

"我没那么喜欢小孩子，只是看到这孩子被揍成这样，我实在无法袖手旁观。"

"原来如此。"

雄大不知所措,动都不敢动一下,冈田也在他身边蹲了下来。他看着雄大背部的瘀青,像评论手工面包烘焙的火候一样说:"嗯,应该很痛吧?"

他们在管什么闲事啊,雄大越来越气愤。他扭动身体,离开两个男人,然后慌忙背上书包。

"不过沟口先生,要是这孩子真的受到了虐待,我们不用帮他吗?"冈田说。

沟口张大嘴,像听到了因为过于无聊反而可笑的笑话,嗤笑一般长长地吐了一口气,然后满心愉快,唾沫四溅地说:"我为什么要帮他啊?"

"因为沟口先生过去也遭遇过同样的事情不是吗?那应该会对这个小孩子产生某种同情或同病相怜的感觉吧?"

"我才没有交响乐①。"沟口说了句意义不明的话,"冈田,我跟你说,一个父亲会如此暴力,肯定是因为有病。就算你跟他说不要这样,他这个病也治不好的。我老爸就是这样。我家,简直是远近闻名的虐待型家庭啊,最后还有人报警了。当然,警察来了,把我老爸教训了一顿,但他根本没有反省。只要坚称那是管教,警察也拿他没办法,又不能派个人一天到晚监视着我和老爸。就算他当场对警察说'我知道了,以后不会做了'。之后我还是会挨揍。就是这个道理。"

"那我们该拿这孩子怎么办?"

---

①冈田前面用了"Sympathy"(同情),沟口先生明显把"Sympathy"和"Symphony"(交响乐)搞错了。

"唉,你只能忍耐再忍耐,一定要活下去。"

雄大说了句"那个……",但后面就没再说什么了。

"然后,你要长成像我这样优秀的男人,因为你只有这条路可以走。"沟口挺胸道。

雄大觉得他一点都不优秀。

"那啥,沟口先生,不好意思,你这优秀之说……"冈田也说。

"冈田,你说要怎样做才能成为优秀的大人呢?"沟口突然换上认真的语气。

"要是真有标准答案,就没有人会烦恼了。"

"我还从来没认真把一件事从头做到尾呢。"

"那你不如试试看书吧,虽然我对那些也不太清楚。"

"不如看看《骷髅十三》吧。"

"那不是漫画吗?"

"嗯,不过已经发行了超过一百本哦。等我全都看完了,说不定就是个优秀的大人了。"

冈田苦笑着说:"祝你成功。"

"那个,"雄大再次开口,"我现在要怎么做?"

"要怎么做?嗯,你只能加油了。"

"沟口先生,你别这样,不如给人家小朋友一点建议吧。"

"没有建议。跟这种事情扯上关系只会引来无数烦恼,绝没好事。"

"不如我去把他老爸直接教训一顿吧。"

"没用的。那种老爸都是严重的自我中心主义,除了自己,别人的话他是不会听的。"

冈田点头。

"我好像明白了。我母亲也一样,坚信只有她自己是最正确、最伟大的。我一失败,她就会愤怒地逼问我为什么会搞砸。"

"你学习好吗?"

"其实上小学的时候成绩还是很好的,还去上课外补习班呢。"

"还去课外补习吗!真厉害啊。我也要加油把《骷髅十三》都读完才行。"

"这是哪门子的比赛啊。"

沟口和冈田兀自谈笑着。

此时人行道的绿灯亮了,通行的信号音响起①。

沟口先走了过去,冈田紧随其后,雄大也跟在后面。

沟口回过头说:"喂,冈田,那个倒闭的超市在哪边?"

冈田指了指右前方,雄大也知道,那边的确有家倒闭的大型超市。现在应该只剩下一个没有灯光、空荡荡的店面了吧。

"还有啊,冈田,阿权应该也在吧,阿权。"

"阿权阿权……"冈田用拳头敲着脑袋,试图唤醒记忆,"啊,就是那个,最近撞车的那个。"

"没错,就是撞凹了我们家的奔驰车,吓得半死的五十几岁的老男人。叫权藤,是吧?那啥,我们差不多该联系联系阿权,要他赔钱了吧?"

---

① 绿灯亮时会有"哔哔,哔哔"的声音,此外,信号灯柱上还有盲文。

虽然不知详情，但光是听到这几句对话，雄大就能感受到某种诡异的气氛，跟他最近在动画片上看到的坏人的对话太像了。最好不要跟这种人扯上关系，他刻意拉开了距离。

然后雄大不由自主地叹了一口气。随着离家越来越近，心情也越来越沉重。他凝视着斑马线的纹路，只踩着白色部分向前走。因为间隔比较远，走起来是一蹦一跳的。他边走边许愿，只要一直走到最后都不踏偏，今天就不会被父亲责骂。

他又想，要是爸爸晚点儿回来就好了。

在斑马线尽头，雄大猛地看到冈田站住不动了。因为雄大一直看着地面，差点儿撞了上去，把他吓了一跳。

"你叫什么？"冈田问雄大。

"别管那小屁孩了。"沟口嫌麻烦地说。

"运动速度越快，时间的流动就越慢。正如爱因斯坦所说，相对于静止的物体，运动的物体的时间过得更慢。"

男人坐在咖啡厅里看报纸，坐在旁边桌子边的两个人中，年长的那个突然说了起来。白发男人披着深绿色的夹克，坐在他对面的西装男很年轻。

男人的工作是在外面跑业务，下午一般都会到这家店来坐坐。呆呆地什么都不想，或看看报纸、翻翻漫画杂志，有时也会为了发泄心中的郁愤而摆弄手机，在网上发表一些辱骂之词。但他很少能因此发泄掉压力，所以之后他都会给妻子发短信，强迫她完成一些不可能的事情，甚至直接臭骂她一顿。

今天上午也是，在公司他被上司批评。"你都三十一岁了，就不能有点威信吗？！"他气得不行，正考虑要如何发泄呢，因此也没注意听旁边的客人到底在说什么。

"教授，依照这个理论，人就有可能制造出时间机器，对吗？"年轻人说。

男人想，原来那位穿着不起眼外套的老头是大学教授啊。

不过"时间机器"这个词听起来还真够可笑的。男人装出若无其事的样子，暗中观察着那两个人。他们的表情都很严肃，虽然只是在聊天，但二人的语气很平和，所聊的话题明显是课本讲义中的一部分。

"速度越快，时间就流动得越慢。假设一下，如果我们制造出接近光速的火箭，你坐在火箭上，到宇宙外面转了一圈再回来，结果会如何呢？"

"嗯？"

"假设你是一年后回来的，那么，地球上其实已经过了两年。也就是说，你只花了一年的时间，却到了两年后的世界。这也算是一种时间机器。而且，时间还会受重力的影响。重力越大，时间的流动也会越慢。所以，当你在一个重力很大的地方过了一段时间，再回到我们的世界，就会发现时间发生了跳跃。"

"重力很大的地方是什么地方啊？"

年轻人很快回应了长者的理论，让男人不禁觉得那是精心安排过的戏剧台词。

"例如中子星，那里的重力是地球上的一千亿倍。不过就算真的到了那种地方，人也会被压扁。但从纯理论的角度来看，的确算是时间机器的一种。"

穿西装的年轻人点点头，但马上又摇摇头。"可是，那和我想象的时间机器有点不同啊。"

"嗯，因为这些机器上面都没有拨号盘，不能输入自己想去的西元纪年。不过至少我们可以肯定，时间机器并不是全无可能的白日做梦。"

"也能回到过去吗？"

长者煞有介事地摇摇头。"回到过去的时间跳转又是另一回事了，那不是单靠高速移动和重力装置能够实现的。"

"可是教授，我听说只要超越光速，时间就会倒退啊。"

"但根据相对论，光速是无法被超越的。"

"啊，是吗……"年轻人看起来并没有很失望。

在旁边听的男人开始对这两个优哉游哉的人感到烦躁不已。关于光速和时间机器的议论与现实社会和自己头上的压力毫无关系，这种对话有什么意义啊？！他真想冲上去痛扁那两个人。

"那么，回到过去改变自己的人生，这种事情也只会在电影或小说里出现，对吗？"

"我要告诉你，"长者语调轻快地说，"科学家里也有捏造事实的，就主张有能够超越光速的物质存在，还管那叫快子。"

"啊，可是根据相对论，应该不存在超越光速的物质。"

"正确来说，是无法加速至超越光速的。"

"那是什么意思啊？"

"就是不能一直加速，直到超过光速。这是相对论的原则。可是，有的科学家却这样想——肯定存在一种无须加速，本身速度就大于光速的物质。"

"那只是假说吗？"

"没错，那就是所谓的超光速粒子，也就是快子。"

"但那只是假设性的存在。"

男人在旁边听着，实在无法理解将不存在的东西拿出来谈论是种什么感觉。科学家搞不好都是脚不沾尘的仙人吧。是些不知人世艰辛的纨绔子弟，他烦躁地想。

"虽然只是假设，但在理论上却是存在的。如果快子真的存在，而且速度大于光速，那我们就能利用它回到过去。"

"真的吗？"

"你问我是不是真的，我实在无法回答。不过，理论上是行得通的。"

理论上说，消灭全世界的大规模杀伤性武器，阻止学校和公司的一切欺凌行为不也都是行得通的吗？男人很想反驳他们。

"还有一种非常有名的时间旅行方式，就是虫洞。"

"这个我听说过。就是类似黑洞，像个长形洞穴的东西。"

"嗯，不过现实中我们尚未发现这种东西。只是，我问你，"那个被称为教授的长者向年轻人提问，"如果能够回到过去，你想回到什么时候？"

"这个啊。"年轻男人说完，故意卖了个挺长的关子，眨了好几下眼睛，刻意展示自己长长的睫毛，做了个风骚的动作后说，"我想回到跟教授相识之前。"然后又说："想回到自己的这种感情出现之前。"

男人条件反射地凝视着二人，那里似乎存在着超越了教授与学生，甚至超越了年龄和性别之差的、禁断的爱情苦恼。他感到一阵嫌恶，腿抖得愈发厉害了。

"你好啊。"权藤看到出现在自己面前的年轻人，不由得感觉胃部一阵抽痛。虽然他前几天打电话来说"过几天会去拜访"，但权藤万万没想到，他会跑到自己店里来。因为被他们抢走过驾照，所以他早有觉悟会暴露姓名住址和电话号码。只不过原本预想他们只是勒索金钱的小混混儿，应该不会对他有更多的兴趣，看来自己是太天真了。

"不好意思，我正在工作。"

"权藤先生，这真是个好店啊。"男人姿态优美，肌肉结实，外表像个运动员。但无论身上那件印着锦鲤图案的衬衫，还是自来熟的态度，都给人一种不踏实感，仿佛一靠近就会陷入危险。这人好像叫冈田。

"其实我很喜欢文具店哦，因为这里有各种各样的商品，却不是那种大开大合的生意。我就喜欢全是生活日用品，一点一点卖出去的感觉。诚恳，踏实。"

"呵呵。"权藤做了个暧昧的回应，同时在心中揣测，他这种亲切的话语背后究竟潜藏着怎样的危机呢？

"对了，这家店能做名牌吗？真好啊，我也想弄一个挂在公寓外面。"

权藤所管理的这家店，是一家占地很大的办公用品店，除了出售一些文具和电脑附件，还接受门牌和明信片的制作订单。

"那个，你为什么要来这里？"权藤疑惑地小声问道。

店里的兼职店员们明显都在往这边瞅，他们大概认为有一个态度恶劣的年轻客人正在为难店长吧。为了让他们一直保持这个想法，他决定态度强硬一些。

"就上回，你不是一下子撞上了我们的奔驰车嘛。保险杠撞凹了，后车厢也变形了。"

"我后来仔细想了想，当时我还以为你们没有踩刹车，因为刹车灯没亮。"

刚追尾的时候，权藤的脑子很混乱，人也不够冷静。而且好像刚好在想事情，错过了最佳的刹车时机，多少有点心虚。加上被跑过来的他们施加压力，还没来得及细想就交出了驾照，甚至答应支付修理费。但现在回头想想，那辆奔驰的行驶情况本来就很奇怪，速度慢，急刹的时候刹车灯也没亮起来。

冈田猛地把脸凑过去，在权藤耳边说："阿权，你就别找借口了。我是无所谓啦，但沟口先生可是个心思单纯的神经质，要是被扣上个什么帽子，连我都不敢保证他会做出什么事来。到时候他有可能哭着说：'你简直把我们当成碰瓷的了。'然后给你夫人打电话说，'阿权他带着一个身上没什么布料的女人出去兜风'之类的话呢。"语调没有起伏，也没有用上一般小混混威胁人时的小动作。可是，正因为这话说得太平淡，反而让权藤印象尤其深刻。

你这不就是来碰瓷的吗？！权藤欲言又止。虽然不清楚是一时起意，还是早有计划，但可以肯定的是，诱导他引发事故的绝对是眼前这个人。但正如冈田所说，他的确带了个不能让妻子知道的女人，意图进行一些妻子不知道的娱乐，因此他也不想把事情闹大。

"你跑到我店里来，到底想要我干什么？"

"你别说得好像我在威胁你好不好，权藤先生。我就是来领奔驰的修理费，还有你害我被沟口先生教训了一顿的医疗费啊。"

权藤的呼吸越来越粗重，但无法反驳。

"你说要多少，我去准备。"

冈田高兴地眯起了眼睛。"事情进展得这么顺利，我真是松了一口气。我还是觉得，人生最可悲的事情就是与人发生纠纷啊。"

你们这帮碰瓷的不就是靠纠纷吃饭的吗？权藤差点儿又脱口而出。

"难得权藤先生这么爽快，虽然很不好意思，但我还有另外一件事要求你。"

权藤看看周围，压低声音问："什么？"

"我现在还只有一个大概的计划，细节还没决定好呢。"

"你说什么呢？"

"能让我拍几张你被我揍的相片吗？"

权藤瞪大了双眼，不知道他究竟是什么意思，不由自主地说了句"反对暴力"。

"没什么，就是装装样子，拍个照而已。"

"你要传出去吗？"他想象眼前这个人将自己可悲的样子到处张贴，使得家人、同事一齐耻笑他的光景，不禁怒从心起。

"不会的，你放心吧。权藤先生只是个演员而已，我很期待你的演技哦。"

冈田看着少年的背部，忍不住说："唉，这又是怎么搞的啊？"

三天前，在人行横道前，被沟口掀起衣服，得到"这是被老爸虐待的"之鉴定的，也是这个少年。因为当时是放学时间，只要再在同样的时间守在同样的地点，应该还能见到他。虽然想法单纯，但真的又见到了。

少年因为无法掌握所处的状况，显得有点不知所措。冈田知道这少年名叫"坂本雄大"，便对雄大撒谎道："我是医生，能让我看看你的伤势吗？"并把他拉到了路边。然后，趁少年还处在混乱中，掀起了他的衬衫。

三天前沟口看到的伤痕还在，只是那上面又多了一道倾斜的瘀青。

"这是新伤吧？"冈田尽量与少年保持一段距离。他并不擅长向他人表达不必要的同情或同感，因为经验告诉他，凡那样做都不会有好结果，他从孩童时代就知道。每当他准备为别人排忧解难，都会被责骂说："别做多余的事情。"尤其是母亲，会骂得更厉害。母亲经常说："你少管别人，先保证自己的成功再说。"

轻轻一碰，少年就做出吃痛的反应。"你没有妈妈吗？她没办法阻止你爸做这种事吗？"

"要是阻止了，被揍的就是妈妈。"

"是吗……"冈田说，"原来你在保护妈妈啊，真厉害。"

少年似乎没想到自己会被夸奖，撇着嘴角，就像遭到了偷袭一样。他在拼命阻止感情外露。

"你爸为什么要对你做这种事？这样对你很久了吗？还是他最近失业了，才这样做？"

"爸爸有工作，他还说是个好公司。"

"好公司吗？真羡慕他啊。他几岁了？"

"应该是三十一岁。"

"那可真是个年轻的老爸啊。"有个十岁的孩子，应该是二十出头就结婚了。

少年点头。

冈田又问了几个问题，想弄清他父亲施暴的原因，但少年不太愿意回答。应该是对冈田这个陌生人，而且是看起来明显很可疑的陌生人存在抵抗情绪吧。更重要的是，少年并没有意识到父亲的行为有多么恶劣。

首先是用来殴打少年的工具，冈田问出是用打结的细绳制成的手工道具。

"那是牢头对犯人用的东西吧。"冈田小声说，但雄大似乎没听懂。

然后他又得知，父亲理所当然地把暴力说成指导或管教，以此来欺骗少年。

雄大小心翼翼地说，父亲打我是因为我做错事了。冈田具体打听了那些所谓的"错事"，却根本不觉得其中有什么"错"，因此感到万分无奈。

"你这个后背，我要拍张照哦。"

"啊。"

冈田不由分说地从口袋里掏出数码相机，给少年的背部拍了照。由于逆光，还换了好几个角度拍。

"等等，你在干什么？"少年开始害怕了。

"这个伤痕范围很大，一看就很清楚了。"冈田说，"你身上有比较明显的痣或者伤疤吗？"他又问。

"痣？"少年小声说，"这边有。"他指了指右肩部位。"应该在这附近。"

冈田扯开他的衣服，那里确实有个一角硬币大小的黑痣。

"这个足够了。你爸爸知道你有这个痣吗？"

"嗯。他经常说那东西长得像人的眼球，很恶心，还总为这个生气。"

"这也太扯淡了吧。"

"扯淡？"

听到少年不知词意，只是学舌的蹩脚发音，冈田苦笑道："你父亲做得太过分了。"

少年没有回答。

"你可能没见过别人的老爸是怎样的，所以我来告诉你吧，这种行为明显太过分了。虽然我老爸老妈也不是什么好人，但你老爸更过分啊。你老爸打你可能有特殊的理由，但你根本没有错啊。"

"可是……"

"唉，不过沟口先生也说，想阻止这种家庭暴力基本上是不可能的。所以你只能努力忍耐，直到长大。当然你也可以逃走。"

"可以逃走？"

"哪怕是在你爸快要揍你的时候逃开也行啊。不是叫你反抗你爸，也不是叫你憎恨他。打个比方，你跟一条狗再怎么亲近，那家伙要咬你的时候，你也会躲的吧。下雨要打伞，黄蜂来叮你，你肯定要跑。道理是一样的。无论再怎么爱自己的双亲，要是他过来揍你，你也要跑。要是他骂你，你就说'我很喜欢爸爸，但我不喜欢痛'，就好了。老爸跟暴力要分开看待。"

"分开？"

"没错，使用暴力是最坏的事，但并不代表那个人是坏人。"

"那样就没问题了？"少年用迫切的目光看着冈田，让他忍不住皱了皱眉，"嗯，也不是没问题了，那只是像紧急措施一样的东西。反正我也会帮你教训他一顿的。"

"你要打爸爸吗？"

"你希望我揍他吗？"

少年不断摇头。

"真乖。你放心吧，我不打算对他施展暴力。而且那种人就算被人揍一顿，也只会更加生气而已。沟口先生也说过，必须在他心中种下'你敢虐待儿子就别想好过'的想法。听好了，那种老爸一心以为自己是最完美的,觉得自己是最正确的,就像我老妈一样。我们必须利用他的这种心理。"

"要怎么做?"

"到时候应该会要你帮忙做很多事情。"冈田从手上的纸袋里掏出一个小盒子,那是个只装了一张DVD光盘的轻薄盒子,"你在家能看这个吗?懂得怎么操作吗?"

"嗯。"少年点头。

"你爸爸会看这样的电影吗?"

那是电影《终结者》的光盘。

"爸爸经常看电影,应该很喜欢看。"

"那你能在爸爸在家的时候放这张光盘吗?不用勉强哦,如果可以的话,你就跟他一起看。这是跟来自未来的男人战斗的故事。"

"啊……"

"一开始会出现一个高大的男人从未来穿越过来的场景。他乘坐时间机器出现的时候身上没穿衣服,光溜溜的。"

"我好像看过!"

"你爸爸可能也看过,要是他不愿意看这张DVD,你也不要在意。只是如果能让他看最好。如果真有那样的机会,你一定要问爸爸:'为什么电影里会有个光着身子的人呢?'"

"爸爸知道为什么吗?"

"应该不知道吧,因为根本没有答案。目的只是在你爸爸脑中留下裸体男人的印象。"

少年虽然面带疑惑，但还是答应了，点头说："我知道了。"

"很好。"冈田面露笑容，轻轻拍了拍少年的书包，"对了，你有爸爸的照片吗？我跟你一起回家去，你仔细找找。最好别让妈妈知道了。还有，你能把爸爸平时回家的时间告诉我吗？"

"你还真是爱管闲事。"沟口一边摆弄着自动贩卖机的零钱口一边说。他与冈田一起来到倒闭的超市门口。因为他们接到店主的委托，说没时间处理店里的东西，叫他们把能换钱的都卖了，实在卖不出去的就带走，不要的东西想办法处理掉。上回他们来看了一次，当时卷帘门打不开，只能先回去了。

"你去管上回那小鬼的家事，能得到什么好处吗？"

"是没什么好处，但我闲着也是闲着。"冈田并没有用开玩笑的语气，而是面不改色地说。

"啊，这个，弄好了。"

沟口想起接到的委托，从口袋里掏出一张驾照，交给了冈田。那是一张假证。

"谢谢。"冈田接过，像判断纸币真伪一样，把驾照放到阳光下，小声说，"跟真的一样啊。"

"这是那啥，仿造上次阿权的那张驾照做的。现在的假证轻易就能做出这样的效果。对了,这名字是谁的啊？不是阿权的嘛。真有这个人吗？"

"真有这个人。"冈田说完又"啊"了一声。只见他面带歉意地交回那张驾照，"沟口先生，真不好意思，我再出一次钱，你能帮我再搞一张吗？"

"再搞一张？"

"这上面的更新期限错了。我当初是想弄成不是'平成'的汉字。"

"搞什么啊。我看上面有几个不认识的汉字，还以为是你写错了呢。害我还专门请人家帮你纠正过来。根本不存在那种年号吧。"

"呵呵。"

"你呵呵啥啊？"

"还有，我当时还说要把假证弄得比真驾照小一圈。"

"嗯，你好像说过。不过，那不一下就露馅了吗？"

"就是要有点差别才好。我再付一次钱，拜托了。"

"不用不用。"沟口摆摆手，"是我没有弄清楚你的要求。虽然不知道原因，但既然你需要，我帮你弄就是了。做这玩意儿的人欠我好几个人情，这点小改动根本不用给钱。"

"那真是谢谢了。"冈田道。

沟口不禁在心中感慨，这真是个认真的男人。虽然在做非法的生意，利用他人的不幸和失败来获得报酬，但那也只是他照着吩咐去做的。总有一天，沟口突然想，总有一天，他很可能会突然从我面前消失。搞不好就像结束了青春期，又度过了叛逆期的儿子突然轻描淡写地说："我在想，差不多该一个人出去生活了。"他也会淡淡地说："其实我觉得，我不太适合这样的工作了。"到时候自己该作何反应呢？他现在无法想象，但转念又想，必须先设想好那一步的对策才行。

沟口走向店铺的玻璃窗,说:"那我们进去吧。"

冈田问:"话说,卷帘门要怎么打开啊?"

"我问过了,说这样就行。"沟口说完,捡起路边一块拳头大的石块,砸碎了窗玻璃。一声巨响,玻璃纷纷散落。沟口又把残留在窗框上的碎块认真地取了下来。因为不想受伤,他又小心翼翼地扶着窗格,发出"嘿"的一声跳进店里。

"这样真的好吗?"冈田跟在后面。

店里一片昏暗,有股潮湿的气味。

货架上残留着一些商品,给人感觉就像整理到一半突然停下了。虽然看上去不像正在营业,但也远远不到破产的程度。真要说的话,就像正在装修。

"我也搞不清楚具体的状况,似乎我们要在这里搞些破坏,那边才能多得一些保险。"

"真的吗?"

"其实我也是半信半疑。不过那边确实跟我们说要搞搞破坏,估计他也有他的原因吧。"沟口先生把手边的泡面山推倒,造成了一场小小的雪崩。

冈田也模仿沟口,将旁边的商品一一推落到了地上。

二人默默地在店内破坏了一会儿。

"你闲着没事要去助人为乐,我没什么好说的。不过伪造驾照什么的,不是挺花钱的嘛。"

"其实也不算助人为乐。反正我的钱也没别的地方花,干脆就花得好玩一些。而且阿权似乎也挺上心的。"

他想起前几天撞上他们的奔驰后吓得面色刷白的文具店职员。虽然只有五十几岁，看上去却像已经退休的老人，还是个毫不通融的顽固分子。或许因为平时就是一副愤愤不平的样子，遇到行为野蛮的沟口二人反而怕得不行，对他们唯命是从。跟他同乘一辆车的女人也并非对其怀有爱意，只是习惯跟他待在一起，让沟口不禁想，这两个人虽然在偷情，但看起来也没啥活力。这样的权藤，居然还有事情让他十分上心，真是让人惊讶不已。

"冈田啊，我没想到你竟然还是个爱管闲事的男人。"沟口欢快地说。

冈田耸耸肩，其实他自己也十分意外。

"我小时候还真挺爱管闲事的。"

"骗人，你这种家伙小时候肯定也是个闷罐子。"

"冈田先生，我弄好了，你看怎么样，很不错吧？"

面前的权藤向他出示了一张纸。权藤长着一张四方脸，戴着一副眼镜。头一次见面，以及之后在店里见到他时，都觉得他像个走在人生下坡路上、毫无生气的男人。而现在，他却像个为去游泳而兴奋不已的小学生一样，眼睛熠熠生光。

他们在冈田的公寓里。这里四壁都是裸露的水泥墙，几乎没什么家具，甚至连桌子都没有。墙边放着一张床，剩下的，就是角落里的一堆鞋盒了。

权藤在冰冷的床上，不用冈田吩咐，已端端正正地跪坐下来。

冈田看了一眼权藤递过来的纸片。一张是 A4 纸黑白印刷，上面用蹩脚的小作坊风格字体写着"关于早前的爆炸声及可疑人员"这个标题。大小正是冈田指明的能夹进镇内传阅板里的那种。

纸上的内容如下：

三天前的深夜，从已经关闭的超市（官田）店中传出小规模的爆炸声。原因不明。事后检查店内的损坏情况，确认店中发生了一场小型爆炸，在爆炸声响起的同时，附近居民还目击到一名全裸的男性。该名裸男的行踪目前尚不明，也未发现有群众受伤。现在警方已经介入调查，希望镇内居民外出时提高警戒。

"不过，把这种东西夹到传阅板里，那位父亲真的会看吗？"权藤疑惑地问。其实他挺担心自己的杰作会就此埋没。

"雄大说过，他老爸看传阅板似乎挺积极的。当然，我也不知道他是不是每次都会看。"

"虐待自己儿子的人，会那么认真地阅读镇上的传阅板吗？"权藤更加怀疑了，"他不是才三十出头嘛，怎么会对镇里的居民协会那么关心。"

"不，其实正相反。"冈田说出了自己的想法，"正因为对自己的虐待行为十分敏感，所以才会关注镇上的风声吧。"

"什么意思？"

"街坊邻居家有没有被揭发出虐待行为啊，政府和儿童救助机构有没有发出新的通知啊,老婆儿子有没有到外面乱说啊,之类的。他应该很关心这些。"

"真的吗?"

"嗯,其实就算他没看到也无所谓。虽然那样很对不起这么努力的权藤先生,但我的目的就是利用各种方式把他引到一个方向上去。"

"那可是我的得意之作啊。"

权藤从包里掏出的另外一张纸,是一份报纸。正确来说,是一份伪造得十分逼真的报纸。权藤店里的机器好像能做出这种东西来。

"不错啊,像真报纸一样。"

"这份报纸的做工可不赖哦。"权藤骄傲地鼻孔都撑了起来,"我扫描了今早的报纸,然后换掉了一篇报道,再印刷出来的。"

拜托权藤捏造的报道内容如下,是一整版"加速器发现超光速粒子"的报道。这样写道:

> 高速粒子研究机构(茨城县筑波市)等国际共同研究团体"GOND"五日在美国高能量物理学国际会议上发表声明,称已发现疑似由四个夸克(组成自然界物质的粒子)构成的超光速粒子,亦即快子。夸克无法单独存在,三个夸克可以组成质子和中子,两个夸克可以组成介子。研究团体去年就发现了很可能由四个夸克组成的粒子,而在最近的研究中,这种发现连续出现,因此一种名为超光速粒子的物质存在新

形态变得愈发明确了。从理论上讲,还能利用快子构成超越光速的物质,在十年内实现时间穿越也不无可能。

这是冈田编造的文章,但也是有依据的。他在网络上搜索"新粒子发现",找到了二〇〇八年八月五日,刊载在《共同通信》上、名为"加速器发现三种由四个夸克组成的粒子"的文章,然后略加改动,弄成了这篇报道。当然,动笔修改的冈田本人都不知道自己到底在写什么东西,他只是将文章中的各种关键词机械地置换成"超光速粒子"而已。恐怕多数人看到这些文字会一头雾水吧,但冈田认为,最重要的不是具体的内容,而是像模像样。至于团体名称,他只是从"权藤"里面抽出了"GOND"[①]这几个字母而已。

"这到底是什么意思啊?"权藤只是按照冈田的吩咐伪造了这份报纸,他自己也看不太懂那篇文章的意思。

"唉,其实我也不知道自己在写什么。"冈田老实地回答,"不过我觉得,越是难懂越好。只要让他觉得,一帮看起来很深奥的学者发现了一种叫快子的玩意儿,这样就可以了。"

"快子到底是什么啊?"

"那是我看漫画时看到的。关于时间机器和时间旅行的漫画,上面说,要是有本身速度就大于光速的快子,就完全有可能穿越到过去。"

---

① 权藤的日文拼写是 GONDO。

"真的吗？"

"嗯，不过那好像只是理论上的说法。世界上的所有事情，一放到理论上就都行得通了。"

"那妨碍了理论的东西是什么呢？"

"会不会是感情啊。"冈田马上说。

"要是说'虫洞'我倒是听说过，就像黑洞那样的东西。"

"虫洞有入口和出口，穿过扭曲时空的虫洞，就能回到过去。漫画上也是这么说的。不过那个有点明显了。"

"什么明显？"

"明显是编造的。人们在日常对话中听到虫洞这个词，很可能会联想到漫画或电影吧？快子却不像虫洞那样被人熟知。"

权藤摸了摸下巴上的胡子。"那么，快子的事情让那家伙听到了吗？"他说。

"大约一周前，在咖啡厅，我安排人在那家伙旁边一本正经地提了这个东西。当时我让两个人装成教授和学生，谈论了快子和时间机器的事情。我在后面观察来着，那男人听得很入神呢。"

教授和学生都是冈田找熟人帮忙演的。

沟口和冈田搞的非法工作，有一大半都是一个叫毒岛的人给的单子。换句话说，冈田等人只是负责执行的，类似现场作业人员的角色。因此他们也与其余的现场执行人员有点来往，有时还会彼此协助。虽然正常人少有如此健全的精神，但给活干、完事能领钱，这样的关系还是很值得信赖的。

"这次我也是找了那样两个熟人，告诉他们'在咖啡厅进行一些莫名其妙的对话就能拿到报酬'。虽然他们很惊讶，但似乎并不讨厌，替我出色地完成了任务。本来那帮人就是靠吓唬人为生的，这点小把戏根本难不倒他们。

"那接下来，只要你指定一个报纸发行日期，我就一大早去弄份早报，把这份假报道加进去。只要一份就够了吗？"

"嗯，只要放到雄大家去就好了。"我打算用加工过的假报纸替换掉他们家邮箱里的报纸，为的就是让雄大老爸读到"发现快子"的报道。

"我还想请权藤先生在行动之前再帮我做件事。"

"啊，我想起来了。今天来就是为了那个吧？"权藤说完，掏出镜子观察自己的脸，另一只手上拿着一张男人的照片，那是从雄大手上弄来的他父亲的照片。不过好像是几年前拍的。

"权藤先生恰好跟他长得很像，真是太巧了。你们身高差不多，又都戴着眼镜。"

冈田几天前在咖啡厅见过雄大的父亲，他中等身材。要是他个子很高，就得把权藤的鞋子加工一下了，不过看来并没有这个必要。只是权藤先生的眉毛比目标要浓密一些，不过他并没有反对刮眉毛的提议。"可以啊，反正要做就要彻底嘛。我会彻底变成他的。"然后又说，"只是，我想在开始行动前先看看他本人。"

"这个主意不错呢，我之前都没有想到这一点。现在想来，权藤先生要是在他家附近晃来晃去，对你即将要扮演的角色也很有帮助呢。因为那样就更逼真了，你还可以敲开街坊邻居的门去访问哦。"

"让本人隐隐约约感觉到某种气息吗?"权藤先生脸上已经露出身负重任的特务般的表情。"很好啊,我感觉自己成了大间谍呢。"

冈田愣了一下。

权藤问:"你怎么了?"

他这才回过神来说:"我以前有个同学。"

"同学?"

"他父亲就是个间谍。"冈田并不打算细说,只是轻轻耸了耸肩膀。

随后冈田站在房间中央,盯着三脚架上的相机,拍了拍手。"我们来拍照吧。"说着,他脱掉了衬衫。或许是重新拾回了肌肉训练时的感觉,他很自然地握紧拳头,做出击打沙包的动作。

"喂,麻烦你温柔一点儿。"

"我不会真的对你拳打脚踢,放心吧。只要能拍到好照片就行。"

"你背上的伤疤可真不错。"权藤眼尖地发现了冈田背后的新装饰。

"这个做得很逼真吧。其实就是条胶带。"冈田对着墙上的镜子观察自己后背。其实能制作这种小道具的人到处都是。

"右边的痣也是。"他指了指右肩附近的一颗圆形黑点,"离近了看一下就露馅了,不过在照片上看应该很逼真。"

"那孩子身上有这种特征吗?"

"嗯,有的。"

"那最好从能够看清那道伤疤和黑痣的角度拍照呢。"权藤开始检查他们的站位。

"我打算拍一段视频,然后挑几个有那种感觉的画面弄成照片。"

"你净说些类似啊、有那种感觉啊的话。"

"要骗人,讲究的不是真相或事实,而是逼真度。"冈田点点头。他有过无数次坑蒙拐骗的经历,所以很肯定。

那天,坂本岳夫一早起床就没看到老婆跟儿子雄大。他霎时感到怒火传遍全身,我这个一家之主睡着的时候,他们怎么敢胡乱外出?但看到餐桌上的留言,他又平静了。今天虽然是周六,小学却有活动,学校还鼓励孩子家长也来参加。他想起来,早在一个月前,妻子就曾找过他。"不如你也来参加吧。"坂本岳夫想也没想就拒绝了。休息日本来就该用来舒缓平时工作中积累的疲惫,凭什么要屁颠屁颠地跑去参加小孩子的活动,浪费能量呢。反正你平时也是在家里待着,干脆你去吧。结果那女人竟敢还口,说:"我是肯定要去的,不过如果你也能来,雄大一定会很高兴。"气得他一把抓起床边的绳子。那是末端打了个结、训诫用的绳子。他只是拿在手里,就让妻子闭上了嘴。于是他又想,果然万事都离不开调教啊。

妻子和儿子好像去学校了,早饭已经做好放在桌上。他们一定觉得反正把我叫醒了也只会挨骂吧。的确如此,很聪明。可是,他绝不想承认她聪明。或许等他们回来后,我该把那女人大骂一通，说："为什么不把我叫醒？"

坂本岳夫今年三十一岁，妻子与他同岁。按理说，他们所处的时代已经有了很深刻的男女平等意识，男人帮忙做家务也是理所当然的事情了，但坂本岳夫却一直认为，这种无聊的平等简直是不成体统。被禁止体罚的教师开始遭到学生的侮蔑；太过温柔的男人只会遭到女人利用。只有让别人彻底意识到究竟谁是最强者，才能维持秩序。这是他小时候从父亲的一举一动中学到的道理。

餐桌上还放着传阅板。他坐下来，浏览了一遍。里面夹着镇内清扫的日程表和面向老年人的诊疗预定。但最吸引他目光的，只有"关于早前的爆炸声及可疑人员"这一张。坂本岳夫并不知道，附近那家倒闭的超市里发生了小规模爆炸。但他想起前几天上班时，发现店里乱得一塌糊涂。他本来还以为是几个不良少年半夜溜进去搞破坏，现在想来很可能就是所谓的爆炸残留。上面还说在事发地附近目击到一名裸体男子。

是变态吗……

然而，这一刻，坂本岳夫脑中猛地闪过前几天在家看的电影。儿子雄大战战兢兢地走过来说："我想看这个。"递过来一张DVD。一开始他本想毫无理由地一口回绝，但儿子罕见地十分执着。坂本岳夫并不讨厌看电影，就答应了他。

那是部科幻电影，一开场就有个男人伴随着一场类似小型爆炸的动静从未来穿越而来。还是个没穿衣服、肌肉发达的男人，全裸着蹲在地上。

这时刚好有客人来，按响了门铃。他看看对讲器，屏幕上映着一个白发男子，看起来有五十多岁，戴着眼镜，低着头。那人说："请问坂本岳夫先生在家吗？"

应该是上门推销的吧，坂本岳夫一言不发地挂掉了对讲器。门铃又响了一次，他直接无视了。

一小时后，坂本岳夫见到了那个男人。

他吃完早饭，穿上外出服，到院子里准备洗车，结果那男人还站在玄关外，露出一脸笑容，向他走来。

"哼。"坂本岳夫露骨地表现出心中的不快，正要转过脸去，那男人却抢先说："请你听我说。"

"那啥，你在这里妨碍我做事了，能走开吗？"坂本岳夫挥挥手。

可是，那男人却爽朗地说："哎呀，真是太让人怀念了。"

坂本岳夫吃了一惊，走到男人身边。

"怀念？你认识我吗？"

"说认识也算是吧。不，我只是很怀念你刚才那个反应。那辆车也很让我怀念呢。这时候应该还没坏掉吧。"

"坏掉？你到底在说什么？"坂本岳夫气不打一处来，语气也变得越来越强硬。

"那家伙很快就要被一个新手驾驶员追尾了。你最好做好心理准备。"

"那啥，大叔，你再跟我开玩笑我就报警了。"

"现在是公元多少年？"听到男人的问题，坂本岳夫满心惊疑，

"如果我没记错的话，那场事故应该会在明年发生吧。在去商场的路上，等红灯的时候，被后面一辆小车砰地撞上来。虽然人没受伤，车子却被拖进了修理厂。"

"喂，你这老头究竟是来干什么的？！"

"你应该不会相信，但我还是希望你能冷静下来听我说。"

"我很冷静。"

"我是二十年后的你。我就是你，你就是我。我们要好好相处哦。"男人说。

听到这些意义不明的话，坂本岳夫皱起了眉头。然后，他想起最近听说有个男人在附近到处打听自己的消息。一开始他还以为是什么机构来调查自己对妻子和儿子的暴力行径，现在想想，搞不好就是这个男人在打听自己。

男人从口袋里掏出一个荧光色的疑似钱包的玩意儿，从里面抽出一张卡，递了过来。

他定睛一看，原来是驾照。可马上又产生了"这真是驾照吗"的疑问。那张卡片确实很像驾照，但总有些奇怪的感觉。不仅大小有些微妙的不同，连色泽也跟自己的驾照不大一样。他正惊奇的时候，却见上面赫然写着"坂本岳夫"的名字，不禁吓了一跳。再仔细看，照片上的就是眼前这个男人。他不仅名字跟自己一样，连出生年月日也一致，只有地址与自己现在住的地方稍有不同。更奇怪的是，上面注明的更新期限竟然是个他闻所未闻的年号。

虽然又惊又疑，坂本岳夫却依旧嗤笑道："这是什么玩意儿，小孩子的玩具吗？"几乎就在同时，那个男人也说："这是什么玩意儿，小孩子的玩具吗？"看他那个样子，似乎早就知道自己会这么说了。

"刚才我说过了，我就是二十年后的你。"男人说。

坂本岳夫扫兴地想，这下被一个怪人缠住了。他想离得远远的，男人却叫住他。"你最好还是听我说说，毕竟这是你的未来。"然后又说，"换句话说，跟我也有关系。"

"我说，你到底在讲什么呢，什么未来啊？"坂本岳夫恶狠狠地说。可是此时，他猛地想起几天前的一篇报道。那是占据了报纸一整个版面的，关于什么新粒子的报道。上面说，如果这种粒子真的存在，穿越时空就会成为可能。这些线索在他脑中不断冒泡，再一个接一个地炸裂开来。

不会吧，他想。

"我想请你看看这个。只看一眼，不会让你有损失的。我既不想卖东西给你，也不想劝你加入什么组织。这只是一个忠告。我是为了我自己才来对你发出忠告的。我不会叫你给钱，你听听不会有损失的。应该说，如果你不听，将来一定会后悔。就像我现在为二十年前的那件事而后悔一样。"

男人说着，拿出来几张照片。这些照片跟一般的照片不同，尺寸比明信片还要大上一圈。照片上有两个男人，其中一人裸露着上半身，他瞬间以为是什么淫秽照片。但仔细一看，站在前面的年轻男人看上去只有二十几岁，而且，他正在对另一个男人施暴。虽然身体弯曲着，看不太清楚，但正遭受攻击的明显就是坂本岳夫眼前的这个男人。应该是连续摄影拍出来的照片，看着那二十几张照片,他仿佛觉得一场拳打脚踢的暴力影片在自己眼前放了一遍。

"这是?"

"是我正在挨揍。而施加暴力的那个人,你看,能认出来吗?"男人绷紧面孔,指了指照片上那个年轻人的背。

坂本岳夫凝神注视,随后心生疑惑。他从未见过这个男人,想到这里不禁觉得十分怪异,但心中的一团黑云里仿佛伸出了一根长钩,直入脑中,从记忆深处钩出了一样东西。"雄大?他是雄大?"他脱口而出。那人的背部右上方有个一角硬币大小的黑痣,坂本岳夫十分眼熟,再看其背上斜刺的那道伤疤,跟自己用绳子抽儿子时制造的伤痕十分相似。当然,二者的体格和年龄都相差千里。

"那是二十年后的雄大。"男人推了推眼镜。不知为何,那副眼镜看起来似乎极不合适。

"这到底是怎么回事儿?"

"这是我在房间里摆上照相机,拍下来的照片。为的是制造证据。当然不是给警察和政府看,而是给我自己看的。给二十年前的我,也就是,你。"

"怎么可能!"坂本岳夫露出扭曲的笑容。但他冷静的头脑却将各种模糊的线索集中到了一起。比如倒闭的超市里一塌糊涂的破坏痕迹、某段从未听过的科学探讨,以及眼前这个男人给自己看的照片。二十年后,自己真的会变成这个男人?变成这个又老又邋遢的男人?他的脑子里一片空白,脚仿佛踩在云彩上。

"我长期对儿子施加暴力，对妻子也是。这你应该很清楚吧？因为我就是你。"男人皱起眉头，紧抿着嘴。既像在告白自己的罪状，又像在炫耀蛮勇。"用绳子抽他们。还以为只要说成管教训诫，就没有问题了。不过再过二十年看看，儿子雄大长大了。这是理所当然的，我却从未想过这一点。儿子不会一直维持小孩子的模样，他会长大，会变强壮，这就是问题所在。现在，换成他每天对我施加暴力了。你看看照片吧。这对我来说就像一日三餐一样平常。我骨折过，也被烧伤过。真的，已经到极限了。"

"极限？"

"我觉得活着简直就是折磨。"男人露出悲哀的表情，坂本岳夫似乎与那种悲哀产生了共鸣，感到胸中一阵苦闷。

"这么严重吗？"

"就是这么严重，所以我才来向你发出忠告。现在还来得及，不要再对家人施暴了，至少收敛一点。照这样下去，二十年后你肯定会变成我的。因为儿子的暴力，每天如同生活在炼狱之中。"男人说着挽起袖子，向他展示左手腕上的伤疤。"我无数次想去死，但每次都被雄大救了回来。他好像并不打算让我轻易死掉，因为他的怨恨还没发泄完。"

坂本岳夫目不转睛地看着这个男人。他根本无法想象，雄大竟会变成那个样子。他现在不就是个瘦弱的小学生吗？可是，一想到儿子将来会变成暴力的化身，他确实感到一阵毛骨悚然。

"啊，你啊，不对，应该是我。"男人挠挠头，似乎有些话难以说出口，"你该不会在想，那干脆比以前更加严厉地教训雄大吧。

你肯定这样想了吧。我明白的,因为我就是你。在自己被反噬前,先把那个潜在的危险火苗给掐灭,之类的。"

"怎么可能……"坂本岳夫马上否定。施加暴力和要了儿子的性命,这根本是两码事。只是,被眼前这个男人一说,他顿时又觉得自己无法否认。

"听好了,你要是敢这么做,将来就会面对更加痛苦的地狱。要是你把儿子杀了,二十年后就会变成这个样子。"男人说着,又拿出一张照片。这张照片与刚才那些不同,看上去脏兮兮的,四个角都有点破损,颜色也褪得厉害。照片的背景是一个不知名的河岸,河边只有一个衣着褴褛的男人。

"这是?"

"这张照片啊,是我二十年前得到的。"

"从谁那里?"

"从我。"男人笑了,"我三十出头那年,二十年后的我也来找我了。当时的我就像照片上那样,又瘦又小,破破烂烂的。"

"那也是我吗?"

"没错,那既是你,也是我。那个我对儿子过度施暴,最后把他打死了。虽然本人坚称只是个意外,但谁知道呢。你应该懂的吧?我们搞的那些暴力,不,管教,随时都有可能发生意外,那几乎都不能称为意外了。结果,他在人生路上越走越糟,最后变成了照片上的那个样子。后来因为杀人的嫌疑遭到逮捕,丢掉了工作,家人也离他而去,最后就是这样。所以,那个我最后也使用了时间机器,回来劝告我要好好对待儿子。"

"然后呢？"

"唉，我当时只是半信半疑，现在的你一定也一样吧？人家说他是从未来过来的，我同样不可能一下子就全盘接受。不过那个忠告我倒是一直记在了心里，将暴力控制在一定的程度内，时刻注意别要了儿子的性命。多亏了这样，我才没有变成那张照片里的我。"紧接着，男人又拿起刚才那些照片，"最后的结果就是这个。我现在每天被儿子拳打脚踢，每天都生活在地狱中。我只想说，对家人施暴，根本就是在糟蹋自己的人生。"

坂本眨了好几下眼睛。他觉得自己应该马上反驳，揭穿这种无聊的恶作剧，但却有一部分自己隐隐约约地接受了这个事实。在他寻找应对之词时，眼前的男人又递过来一张照片。背上有伤疤的年轻人——根据男人的说明，这是未来的雄大——正对这个男人，也就是未来的自己大打出手。"你拿着这个，不要忘了。为了我，也就是为了未来的你自己，从头开始吧。不能把儿子打死，也不能对他施加你自以为程度有限的暴力。接下来能够尝试的，就只有终止暴力了。你只有这个选择。"

从头开始，他这么说。坂本岳夫感到迷茫不已，只能盯着手上的照片发愣。

冈田与权藤走进快餐店。

"权藤先生，你真是太完美了。我在旁边听着，都开始觉得你真是来自未来的人了。"冈田说着，摸了摸手边的收信机。

权藤从夹克衫的领子里拿出微型麦克风，放在桌子上，也坐了下来。

"好久没这么高兴了。不过，你真觉得事情会顺利吗？那个男人真的会终止暴力吗？"

"不知道。"冈田十分干脆地耸耸肩，"我其实也没太乐观。不过，既然发生了那么荒唐无稽的事情，他一定想忘都忘不掉吧？搞不好会在适当的时候收敛自己的行为。毕竟未来的事情，不到那个时候谁也不知道会怎么样，而人生只有一次，如果可以的话，谁都想过得好一些，不是吗？"

"我看有关时间旅行的电影时，每次看到一个人回到过去见到自己，都觉得其实是很有问题的。还总有这样的说法，无论过去怎么折腾，都无法改变未来。"

冈田用吸管搅动杯子里的冰块。"真正的时间旅行可能是那样的吧，但我们的这个就是另外一回事儿了。"

"未来能够改变吗？"

"别说改变不改变了，毕竟现在还不是未来。只是……"

"只是？"

"沟口先生说过，那种以自我为中心的男人只会关心自己，因为他根本看不起别人，所以也听不进别人的忠告。他只看得起自己，也就是说，他只会听自己的话。"

随后，冈田又对权藤说："谢谢你帮我搞这出恶作剧，我会跟沟口先生说，让权藤先生只赔偿上次的汽车修理费就好了。"

"那个，你能对我老婆隐瞒车上那个女人的事情吗？"

"没问题。不过，权藤先生也挺能干的呢，竟然能找到那么年轻的女孩子。"

"那是我用仅有的那点零用钱去酒吧把到的女孩子。不过啊,这次的事情比跟年轻女孩子出去兜风刺激多了。"

冈田大笑道:"权藤先生真淘气。"

"不知为何,我都搞不清你到底是好人还是坏人了。"

"毕竟我不像饮料那样,贴着草莓味或柠檬味的标签。"冈田苦笑了一下,又说,"啊,对了,权藤先生……"他咬住吸管,黑色的液体在细长的半透明管子中上升。

"怎么了?"

"刚才你编的那个故事,说被儿子烧伤了,有点夸张了吧?"

第三章 盘检

他看着敞开的后备厢。他们原本沿着狭窄的单行道往西北方向前进，此时却停在一盏大路灯下。虽然夜还不算很深，路上却几乎看不到有车辆通过了。旁边就是方向相同的大型车车道，绝大多数车都会选择那条路。

沟口站在旁边，揉着鼻子，看向后备厢里的一个纸箱。纸箱里有个大包，能从敞开的拉链缝窥见一沓一沓的万元钞票。每一百万日元捆成一捆，里面装着好几捆。从包的鼓胀程度推测，应该是不小的数额。

"刚才盘检我们的那个警官，应该不可能没看到这个吧。"沟口歪着头，摸着下巴，"可他为什么啥都没说呢。"

"会不会是他不觉得可疑啊？"我说是这么说，心里却想，这么大一笔钱都不可疑的话，整个世界都是清正廉洁的了；连女朋友一怀孕就忙不迭地说"我们本来就是彼此独立的，所以你自己去把孩子打掉吧"这样的无情男人，也能称得上圣人君子了。

"这个嘛，很明显就是可疑钱财啊。"太田晃动着如同巨型皮球一样的身体说。

"会不会是警察没仔细看啊？"或许是因为警惕着周围的情况，沟口的眼睛看起来闪闪发光。

"你说谁打开后车厢会看不到这个纸箱子啊？"我这会儿才发现自己的高跟鞋跟折断了，难怪身体总往一边歪。

"那你们说,刚才那个警察会不会只看了纸箱,没拉开拉链检查呢?他会不会嫌麻烦就没打开啊?"太田说着说着已经开始烦了,"所谓的盘检纯粹是走形式,根本不会认真检查。他们都很随便的,对吧,沟口先生,我说得没错吧?"

"就算是走形式,把这么可疑的纸箱子里装的这么可疑的包里的这么一大笔可疑钞票都漏掉,也太过分了吧。那根本就不能算盘检了吧,只能算用纳税人的血汗钱制造交通堵塞吧。"沟口加重了语气。

天上落下冰冷的东西,我摊开手掌,心想是不是下雨了,却迟迟没接到一滴水,便认为只是自己的错觉。就在这时,水滴又落了下来。啊,我还没来得及仔细思考,雨点就猛地多了起来。

"还是先回车里去吧。"

不等二人回答,我已兀自坐进了车后座。

坐稳之后,我开动大脑,回顾起刚坐上这辆车,也就是大概三十分钟前发生的事情。

我前面,也就是驾驶席和副驾席上坐着两个男人。这是辆很旧的车。下午六点过后,天色就暗了下来。因为我是被突然塞到车里的,所以没来得及分辨车的颜色,但我猜测,应该是辆深蓝色或黑色的车子。透过磨砂车窗,我看着大楼的灯饰和路灯缓缓向后流去。我觉得自己的呼吸声很吵,因为鼻息被胶带挡住,每吐一次气都会反弹回来。我挪到车后座的右边,开始观察副驾上的男人。

他是个圆脸男人，胖得我都想感叹安全带居然扣得上。他留着一头卷发，身上的西服一点都不合适。双手一直在摆弄什么东西，还噘着嘴，侧脸看来就像正在出神地玩玩具的幼儿。

"喂，太田，你在干什么呢？"驾驶席的男人说。因为被座椅挡着，我看不太清楚他的样子。但根据刚才在人行道上得到的印象，他应该是个目光凶恶的中年恶棍。"刺啦刺啦刺啦的，吵死了。"

车子停了下来，好像是遇到了红灯。开车的人猛踩刹车，车身剧烈抖动了一下。

"没，就是张CD，是海外进口的哦。Rockpile^① 的专辑，我以前经常租来听，刚看到，就买下来了。"那个被叫作太田的男人目不斜视地说，就像对妈妈撒娇耍赖的小孩子一样。

"你啥时候买的啊？"

太田并没回答，而是用手指抠着CD盒。

"用塑料纸包住了，拆不掉啊。我总在想啊，这玩意儿难道就不能改进改进吗？"

"应该有地方让你撕开吧。"

"沟口先生，问题就是没有啊。就算有，那玩意儿也会撕到一半就断掉。这层东西到底是干吗用的啊。别好不容易买了回来，还要担心会不会一辈子都拆不开它。"

"怎么可能。"

---

①活跃于二十世纪七十年代末到八十年代初的英国流行摇滚乐队。

"那个呢?在超市买东西的时候,不是能领塑料袋嘛。①"

我偷偷想,为了保护环境我们应该自备购物袋。

"为了保护环境我们应该自备购物袋。"应该是出于偶然,沟口说出了同样的话。

"那些塑料袋有时候也很难弄开,对吧?两面紧紧地贴在一起,那应该是静电造成的吧。我总是用手指头用力搓,但就是搓不开。"

"你到底在说啥……"

"你有没有担心过,自己要在超市搓塑料袋,一直搓到老呢?"

没有。我很想说,却说不出来。

"没有啦。"沟口回答,"听好了,工作只要一样一样地做好就行。因为你总想一次全部完成,所以才会失败。比如超市的塑料袋,先别急着弄开,要吹口气……"他解释到一半,又闭上了嘴。"为什么我必须跟你这种家伙一起工作啊。"他自言自语着冈田要是能回来就好了的样子,就像店长面对笨手笨脚的新人,无比想念以前的老店员一样。

"啊,冈田先生有可能回来吗?"太田猛地抬起头来。

"鬼知道。"

"他是让沟口先生害得被灭了口吧。你真是太没责任感了。"

"吵死了,现在还不能确定他被灭口了吧。"

"被毒岛先生盯上的人,你觉得还有希望吗?"

---

①有种超市是结账后向收银员领取自己需要的塑料袋,另外走到外面的平台上自行包装,并将购物篮放到旁边的回收处。

之后车子就启动了。可是，引擎马上伴随着一阵尖厉的声音熄灭。沟口慌忙转动钥匙，车子终于恢复了振动，总算开始慢慢吞吞地往前走。

"这年头居然还有手动挡。"沟口愤愤地说，"完全开不习惯啊。"

"现在这个世道，什么都得守规矩啊。[①]"

"你理解错了。"

驾驶座上的沟口小声说了句"怎么堵车了"，副驾上的太田跟着说："对了，沟口先生，我以前一直把二列纵队理解成二列堵车呢。[②]"说完，又继续用指甲抠CD盒，边抠还边咂着舌头骂娘。

车速越来越慢，我看着窗外，推测这辆车已经沿着国道往北开了很远。接着我挪动身子看向前窗，发现前面热闹得很。虽然周围被夜幕笼罩，但唯独前方的道路上一片红，因为全是一排排的刹车灯。除此之外，还有很多划着扭曲线条的红色灯光，原来是交警的引导灯。

"是盘检啊。"沟口大声说道。

副驾上的太田总算抬起了头。"盘检吗，那可糟糕了。"

由于他的反应实在过于缺乏紧张感，让我忍不住要发笑。随后我又开动脑筋，考虑自己该怎么做。

[①] 沟口先生说的是 Manual car，太田把 Manual 理解成了类似于洋快餐店员工操作手册那样的东西。

[②] 日语里的二列"縱隊（纵队）"与"渋滞（堵车）"发音相同。

我在考虑，在这个时候碰到盘检，要如何做才能对自己有利，怎么做会对自己不利。

"沟口先生，会不会是那个啊，这个盘检该不会是在找我们吧。"太田依旧捧着那张打不开的CD，同时手指向前方。

"应该不是吧。我们可还什么都没做。"

"可是……"太田说着，扭转巨型气球一样的身体，看向我这边，"我们不是带着这个女人嘛。"

"把人家放车上就要被抓啦？那肯定是在盘检别的事件。真不走运。"沟口叹了口气，"喂，趁现在快把她的胶带给撕了，被人家看到一个被胶带卷着的人肯定不行。"

"啊，好。"太田慌忙转动气球一样的身体，但马上就被安全带扯住了，身子像个皮球一样弹了回去。于是他一边艰难地解着安全带，一边向我伸出手。

"别太明显了。"

"好。"他说着，先把我嘴上的胶带扯了下来。虽然很痛，但总算没有了胸闷的感觉。"伸出手来。"太田不高兴地说。我转过身，把被捆在背后的双手伸过去。手腕上的胶带被撕掉了，我赶紧用恢复了自由的手揉了揉鼻子，实在是太痒了。然后，我想起上衣口袋里的信封，不由得用手按住了胸部。被塞进车里时，我还担心信封会歪掉，露出头来，看来是我多虑了。

"听好了，你别想打什么歪主意，我们可是连你的地址和名字都掌握了的。就算你跑了，我们照样能把你找回来。"驾驶席上的沟口的声音充满威胁感。

"对哦。"太田随声附和,但这人的声音却有点傻气。

车刚动起来又停下了。虽然不太清楚盘问点离这里还有多远,但所有车子肯定在那里逐一接受了检查。驾驶席的车窗突然打开了,我正奇怪,却见外面站着一个身穿制服的警察。

"前面正在组织盘查,抱歉耽误几位的时间了,请配合我们的工作。"

我虽然看不到警察的脸,但可以想象,他虽然口头客气,表情一定很严肃。

"我们可以配合,"沟口满不在乎地说,"不过到底发生什么事了?"

警察并不回答,而是径直离开了。

"居然无视我们!真是气死人了。"副驾上的太田大声说。

"给我安静点!"沟口训了他一句,然后关上窗户。

"那个,用、用收音机。"我久违地说出了话,"用收音机应该能听到点什么吧。"

我看向后视镜,跟沟口对上了视线,我觉得好像同时听到了"少给我废话"和"这主意不错"的两种声音。

"喂,太田,开收音机。"

太田答应了一声,手指却在一堆按钮之间徘徊,迟迟无法按下去。"那个,开关在哪里啊?"他迷茫地说。

"随便按几个,总能找到的。"沟口冷冷地回答,"不过,广播会播报一个小小盘检的消息吗?"

"这么大阵仗,应该是有什么大事件吧?"

"你可别小看了东京,这里每天都会发生各种各样的事件。"

"沟口先生,经常发生事件可不是值得骄傲的事情哦。"太田插嘴的样子实在太蠢,我忍不住笑了出来。

"喂,你知道我们为什么把你带走吗?"

"呃。"突然被问问题,我一下慌了神。

"我们是被人聘来绑架你的。委托人说稍微暴力一点也无所谓,总之要把她带来。"

"那人是谁啊?"

"名字不能告诉你。"沟口说完又苦笑着补充了一句,"不过说句实话,我也不知道对方的名字。"

"我们只管拿定金,干活儿。跟委托人不会有直接联系,因此也不可能知道对方是谁,所以才会问你啊。像你这样的年轻女子,到底为什么会被绑架呢?"

"要说理由的话,应该很多吧。"我说。当然,我很感谢他把今年已经三十岁的我分类为"年轻女子"。

"万事都存在一个因果。因为有了这个,所以变成了这样,懂吗?你之所以被我们绑架,一定有个原因才对。难道不是吗?比如有个男的被你甩了之后,失心疯了,要把你抓起来关着,之类的。"沟口先自问自答了一番。

"之类的……"我敷衍道。

"你到底有没有头绪啊?"

"搞不好我是个超级有钱人家的大小姐,那人是为了赎金而绑架我的哦。"

"真的吗？"

"怎么可能，我就是举个例子。"

沟口笑着骂道："你少他妈耍我。"

"假设我有些头绪……"我说出了上车后一直在想的事情，"比如说，跟我偷情的对象？"

"你那只是假设吧。"

"这可是有事实依据的。"我半带戏谑地说，"我虽然是独身，但对方已经结婚了。"

"那应该是这个了。"沟口轻易断言道，"反正就是你说了些人家接受不了的话呗。'你敢跟我分手，我就告诉你老婆'之类的，或者'给我钱，否则我就跟别人说'之类的。一个人要是到了使用'否则'这个词的时候，就是真的完蛋了。那种场面可不经常出现在人生中哦。"

我试图回想自己对他——那个外遇对象——说了什么，我记得并没说什么"否则"。我只是追着对方说："虽然这段关系是彼此独立的，但你也不能说那种话吧。"会不会是自己当时的气势把对方吓到了，所以他才委托别人把我绑走？

"总之，我估计是那男人烦得不得了，想给你好看吧。"

"给我好看？"

"人家都指派我们来绑架你了，搞不好后面还计划了更多可怕的事情哦。听好了，按照约定，我们要把你带到海岸边的仓库背后去。然后要打通电话，工作就完成了。我估计就是这样。"

"估计就是这样？"

"也搞不好会接到更多的委托。"沟口倒映在后视镜里的眼睛眯缝了起来。他并不是在笑，更像在同情自己。

"他叫你们给我好看？"

"直到你开始反省自己做过的各种事情。我不知道最后会变成什么样，总之，这个外遇对象的线索很值得重视，很有可能就是那家伙哦。"

"就是啊，沟口先生。"

"太田，你给我闭嘴。"

虽然不知道是不是真名，但沟口二人轻易便叫出了对方的名字，还唠唠叨叨地商量着行动计划，这些让我感到疑惑不已。他们是说话根本不经大脑呢，还是知道说了也无所谓？换句话说，为了防止我走漏风声，他们会采取什么对策呢？

不知何时，广播响了起来。不知道是不是音量没调好，车里突然响起"好像还没抓住呢"的轰鸣。我看到驾驶席上的沟口好像吓了一跳，然后慌忙转动旋钮，调低了音量。

"啊，广播打开了呢。"太田飘飘然地说。

看不到脸的广播员说："田中议员至今仍处于昏迷不醒的重伤状态，同时，东京都内已展开大规模的盘检。"

"应该就是这个了吧？"我指着车载收音机说。因为语调太不正式，听起来不太像新闻播报，应该是某个人在某个节目中的发言吧。

"议员怎么了？"沟口惊讶地说。

继续听广播,情况渐渐明了了。

数小时前,于都内某酒店用餐完毕的众议院议员田中,在乘坐电梯下楼的时候被不明人物刺中了后背。当时议员身边跟着一名秘书,但该秘书被另一名可疑人物吸引了注意力,而那名举止可疑的人马上就不见了踪影。由此可以判断,那人与刺伤议员的男人很可能是同伙,警方现在正在追查二人。

"所以才有了这个盘检啊。"沟口长叹一口气,"要是被误认为是那起事件的凶手,可就糟糕透了。太田,你可不要给我乱说话哦。在通过盘检之前,你都给我老实待着。"

"盘检的时候,会不会检查各位的随身物品呢?"我突然发出了疑问。

太田摇晃着身子,偷窥了沟口一眼。"有没有不太方便被看到的东西啊?"

"嗯,要是被怀疑上,搞不好还要被搜身。要是你口袋里装着不能见光的东西,最好给我塞到座椅下面去。不过,要是真的被搜身,咱们就别想好过了。"

被他这么一说,我将注意力转移到上衣口袋上。

广播里的人又在发表明显是看热闹心理的冗长见解:"发生了这么紧急的事件,恐怕连执勤点的巡警和休假中的刑警都被派出来了吧。真是太可怕了。"

"沟口先生,早知道会这样,还不如干那边的活儿呢。"太田说,"要是去那边,可能就不需要开车了哦。"

"什么是那边？"

"不是还有一个活儿吗，做一个什么交易的中间人？"

我听着听着开始想，这些人就像帮助完成某些犯罪行为的派遣制员工呢。现在到处都是转包啊、子公司啊、外发啊这类的东西，看来坏人的世界也没什么两样呢。

"那边肯定搞不来。我一开始也以为，就是过去做个中间人而已，应该会很轻松。但你知道那是什么交易吗？那可是一个外国佬跑过来卖奇怪的药哦。要是不会说那个国家的话，根本就接不了这个单子。"

"原来是这样啊。"太田呆滞地说，"条件真严格啊。果然做这档小事最讲究的还是语言能力。"他感叹道。

"这个世道，只过了英语等级考试是没有用的。"沟口说。我觉得，他居然知道英语等级考试这件事，实在太奇怪了。"而且，还有传言说那笔交易已经被警察盯上了。搞不好到时候警察突然冒出来，把我们一块儿逮捕了哦。所以我说，幸好我们选的是这个。"

车子停了下来，我们似乎终于来到了队伍前列。向前一看，前方不远处停着好几辆警车，形成一道路障。

沟口打开窗子。

车窗边站着一名戴眼镜的警官，他说："能请您出示一下驾照吗？"

"好的，你们辛苦了。"沟口可能在假装平静，只见他很有气势地应了一声，从口袋里掏出卡包。

从我的角度看不到驾驶席的沟口和站在车外的警官，但能听到他们说话的声音。

"您是沟冈先生吗？"警察说。

"是的。"

沟冈？他不是沟口吗？我心生疑惑。莫非驾照是假的，沟冈是假名吗？或者说，沟口才是假名呢？

"这是沟冈先生您的车吗？"

"当然是啊。"副驾上的太田绷紧了安全带，身子几乎要贴到驾驶席一侧的窗户上了。

"你给我闭嘴。"沟口尖锐地说完，又平淡地说，"其实这车是偷来的。"我不由得吃了一惊，警察应该也吓了一跳。

"大家正愁没有好车开出去兜风，结果稍微一找，就发现了这辆车子，不仅没有上锁，车钥匙还插在遮阳板后面，既然运气这么好，我们就不客气地开出来了，这样不好吗？"

我怀疑自己是不是听错了，难道这就是沟口的对策吗？难道他是在赌，被人怀疑之前先说出另一个问题，再说那是开玩笑的，之后一笑了之吗？的确，沟口虽然没什么问题，但太田却表现出反抗心理。与其假正经，还不如不正经，看起来才更自然。

警察并没有马上回应，但他自然不能就这样放过沟口。他先思考了片刻，过了一会儿，说："你能报出车牌号码吗？"

沟口嫣然一笑道："对啊，你得跟我确认这个啊。"然后马上流利地念出了车牌号。

警官走到车前，弯下腰，应该是在查看车牌吧。不一会儿，他走回来说:"都对了。"

"那必须的。"沟口笑道。

这辆车到底是偷来的,还是沟口自己的呢?

警官又不说话了。副驾上的太田挪动身子,把脸转过来看着我。似乎在无言地警告我:"别捣乱,别瞎说,别想跑。"我一动不动,因为一时也想不出究竟该怎么办。

"能请你打开后备厢吗?"

"啊……"沟口犹豫了。

"里面放着什么?"

"不知道,最近都没打开过,搞不好里面放了个死人哦。"看起来沟口这个人是那种被逼得越紧就越爱胡说八道的性格。

"随便你怎么查都行。"他斜着身子,摸索着拉了一下把手。后备厢的盖子自动打开了。警官快步走向车后。

"沟口先生,后备厢里装了什么来着?"副驾上的太田虽压低了声音,但听起来还是比一般人的声音都要大。

"鬼知道,我都没打开看过。"

"但你刚才不是把车牌号背出来了吗?"

这句话似乎让沟口十分受用,只见他用略高的语调说:"还好啦。话说回来,你最好也给我把车牌号记下来。为了防止这样的状况发生,偷车的时候至少也要把车牌号记住。"

"是,受教了。"

我听着依旧缺乏紧张感的两个人的对话,把额头抵在车窗上,呆呆地看着外面。停在旁边的车子旁也围了两名警官。那辆车似乎不是日产的,因为驾驶席在左边,司机正与其中一名警官交流。过了一会儿,车子就开走了。那辆车并没有被检查后备厢,看来并不是所有车子都要像我们这样。

"啊,我一个人没问题的。"听到那清晰的声音,我抬起头来。虽然不知道是谁说的,但当我环视车窗的时候,再次听到了同样的声音。"不,很快就结束了。"看来,应该是绕道去后备厢的那名警官正在对同事说话。

"那个,这辆车……"我探出身子,凑到驾驶席旁边。我很想向沟口确认这辆车到底是不是偷来的。但与此同时,警察也回到了窗边。

"没什么问题。"他对沟口说。

"是吧,我就知道没问题。"沟口理直气壮地应了一声,然后转动钥匙,点燃引擎。

车子刚走出不到一百米,副驾上的太田就记起来我的双手还是自由的状态。

"沟口先生,给她捆起来吧。"

"不是给她捆起来吧,是当然要捆起来,快点儿!"

"是啊。"太田说着,又"啊"了一声。紧接着,抱起了头。我正奇怪他在干什么,却听到他带着哭腔说:"对不起,没有胶带了。"

"没有了?刚才还有那么多。"

"我好像忘拿了。"

"放哪儿了？"

"就是我们把这女人塞进车里的时候。当时沟口先生不是抓着她的手腕，我给缠上了胶带嘛，然后把嘴巴也贴上了。最后沟口先生不是说：'把她塞到后座上去。'我嫌胶带拿在手上不方便，就放到车顶上了。"

"那时候，胶带就在车顶上了？"

"是的。然后，我把她塞进了车里。"

"那之后不把胶带从车顶上拿下来可不行哦。"

"嗯，是不行。可是我偏偏忘了拿，直接把车门关上了。"

"那，胶带就被扔在车顶上了，对吧？"

"车子一开动，胶带就会滚下去。所以，没有了。"

沟口做了好几次像深呼吸一样的叹息，应该是在平复自己的情绪吧。但凡领着一个无能部下的上司，可能都要与这样的压力做斗争吧。不一会儿，沟口说："好，我知道了。"那是强装镇定、故作开朗的语调。或许他已经意识到，就算对徒弟的失败唠叨得再多，也纯粹只是浪费精力，根本不会有半点成效，还不如积极解决问题。"很好，我知道了。先停车，然后把女人塞到后备厢里。这样我们就不需要胶带了。"

"真不愧是沟口先生。"太田高兴地说。

原来如此，还有后备厢这一招啊。我也感慨起来。

"那我就停在路边了。"沟口转动方向盘，车速慢了下来。刚把车停下，沟口就打开了后备厢。太田马上下车，把我从车里拽了出来。我一下子撞到车身上，痛得不得了。鞋跟估计就是那时候折断的吧。

太田拽起我的手,把我拉到车后面,叫我钻进后备厢里。

可是先行到达的沟口却瞪大了眼睛盯着里面,一动不动。"喂,这钱到底是怎么回事儿?"他惊呆了。

太田定睛一看,可能是发现了钞票,吓得他松开了我的手。

于是,文章刚开头的场景出现了。换句话说,时间回到了现在。

"到底是怎么回事儿,盘检的警官为什么会漏掉这一口袋钞票啊!"

我坐回后座,一边摆弄鞋底的断跟,一边回想盘检时的情景。

"我觉得打开后备厢的那个警官不太可能看不到那个纸箱和那个包呢。"

"那当然了,你刚才不是才说过嘛。不管是谁打开后备厢,都不可能看不到那个箱子。一点儿都没错。"沟口的声音越过驾驶席座椅传过来。

"也就是说,刚才的警官肯定发现了那些东西。我说得没错吧?"

"他发现了钞票,但还是把我们放走了。为什么呢?"

"比如假意将我们放走,实际在后面跟踪之类的?"

"在后面跟踪……我们吗?他们不会就在附近吧?!"沟口突然左右张望。

"又或者是这个样子,"我把脑子里想的都说了出来,"因为刚发生了国会议员被刺伤的大事,所以他对别的事情提不起兴趣。"

"你能肯定一大口袋钱跟国会议员被袭毫无关系吗？这到底是怎样的判断力啊。"

"人家就是放了我们一马。"

"你是傻子吗？不管有没有关系，只要是可疑人员，警察就会调查啊。"

被沟口一呵斥，太田顿时就蔫了。

"又或者，"趁此机会，我说出了心中认为最有可能的想法，"又或者，那警察其实想把那笔钱搞到自己手里。"

"自己手里？你是说他看到那笔钱，什么思想觉悟都没有了吗？"

"可是，他要怎么弄到手呢？钱不是在我们车里嘛。"

"你别问我啊。"

"总之，警官看到那笔钱，马上产生'我要了'的想法。我们姑且先这样想吧。"我说，"如果站在那个警官的立场上想，他既不能当场把钱拿出来，又不能宣称'这辆车里有可疑钱财'，因为那样一来，钱就会被当成证据收走。"

"那的确就不能据为己有了。"太田一边点头一边哼哼。

"所以他才把我们放走了，并打算在另一个地方把我们抓起来，之类的……"

"之类的……"沟口把我的句尾重复了一遍。

太田马上作势要跳出副驾，想检查后方有无车辆。沟口制止了他。"别慌啊。"然后又对我说，"你说的那种可能性很低吧？"

"低吗?"

"听好了,那个条子认为那笔钱是我们的。钞票主人在场,要强抢可是很麻烦的。在盘检时也就算了,你要他事后再追上来,从钞票主人手里抢钱,那可是十分费事的哦。"

太田夸张地点点头。"的确,那家伙应该不知道我们这车是偷来的。"

果然是偷来的吗?这一点我总算弄清楚了。

"不是偷来的,只是它恰好放在那里,对吧?车钥匙还夹在遮阳板后面。因为担心这辆车放在那里会被人偷走,我们这些人才会好心地帮忙把它开到安全的地方。仅此而已。"

"啊,是啊。"太田只是摇摇头,就造成车身一阵晃动,"就像我们捡到钱包,正在寻找派出所一样。"

外面已经彻底变黑了。这段时间只有两辆车从我们旁边经过,周围一片寂静。在车里与这两个神秘人物度过的时间,让我觉得有些虚幻。

"等等。"沟口的声音突然撕裂了车内的空气,"要是他知道呢?"

我一时没有反应过来,不知道他在说什么。

"知道?谁知道啊?"我一不小心用了跟朋友聊天的语气。

"我是说,那条子会不会知道这辆车是偷来的;又或者,他根本从一开始就知道车里有这么多钱?"

"那个警官吗?"

"是啊。他知道这辆车是偷的,也知道里面有钱,甚至在我们到达盘检点之前就知道了。"

"为什么?"

"你问我,我也不知道为什么。啊,搞不好那家伙就是车里那堆钞票的真正主人哦。"沟口说完,双眼似乎要射出光来,简直恨不得跳起来大叫"没错,就是这样"!

太极端了。我无言以对。可是,副驾上的太田却高声附和道:"对啊,就是那个啊。"

"那个是哪个?"

"是那边的活儿啊。就是我们差点儿接了的那个,沟口先生刚才不是说了吗,需要外语能力的那个。"

"交易的中间人!"沟口也被太田的兴奋传染了。

"没错没错。我们可不可以假设,那个条子强抢了交易的钱呢?"

"太田,你偶尔脑子也不错啊。"

"那有可能吗?"我感到半信半疑,应该说,根本没当真。

"嗯,有可能,完全有可能。"沟口好像随时都会高举双拳,大吼"我发现真相了,如今,真相就掌握在我手中"。不过他实际说的是:"然后,那家伙就把钱藏在了这辆车里。"

"难道这是那位警官的车吗?"

"他应该只是盯上了这辆被长期弃置的车子吧?不管怎么说,他把抢来的钱藏在了这辆车里。"

"藏在车子里,风险有点高吧。"

"还能有什么办法。再说了,突然发生国会议员遇刺事件,他也没时间考虑别的了，不是吗？因为所有巡警和刑警都被紧急派遣出去了，就算他着急忙慌的想找地方藏包，也来不及赶到藏匿地点啊。"

"于是他就想等盘检结束后再慢慢回来取，是吧？"我实在不想泼前面那两个人的冷水，只得努力跟上他们的思路。

"答对了。"沟口似乎把自己当成抢答节目的主持人了。

"那太不可能了，警官肯定只是不小心看漏了而已吧。"我很有自信地再次强调。

"不过，这可真是杰作啊。"我拼命屏住气息，专心聆听。

"什么杰作？"

"那家伙正忙着盘检，却看到自己藏钱的车子开过来了。当时他的第一反应肯定是怀疑自己是不是看错了，还会陷入恐慌。"

"嗯，那样肯定会吓一跳的。"

我为这两个人毫无意义的对话感到无奈，但一想到正负责盘检的警察猛地看到一辆自己认识的车开过来，大吃一惊、神情狼狈的样子，又觉得十分滑稽，忍不住露出了笑容。而且，这个沟口还口口声声对那个警察说这是自己的车。

"如果真是那样，那他不就是眼睁睁地看着装了'自家钱财'的车子开走啦。"

"他也没办法吧。毕竟也不能死皮赖脸地说：'这是我藏起来的钱袋子，你要还给我'吧。顶多只能要求我们把车子停在什么地方。"

"不过，他检查了你的驾照吧？有可能会跑到那上面的地址去要钱哦。"我指出来。

"原来如此，还有这招啊。"沟口说。但他看起来高兴得很，似乎觉得什么事都不重要了。"遗憾的是，那张驾照是假的。上面的住址住着一个我根本不认识的美国人。"

"我在电视上看到过，似乎有什么机器能追踪他人的所在地。"

"你是说 GPS 吗？"我说。

"啊，就是那个。你们说包里会不会就有一个啊。"

"最近好像只要事先登记一下，连手机和小灵通都能追踪 GPS 信号了呢。"

"那盘检的时候，条子会不会把 GPS 或者手机藏到包下面了呢？"我半开玩笑地说。

没想到沟口和太田却齐齐大喊"很有可能"，然后忙不迭地下了车。

后备厢里有纸箱，纸箱里有大包，当沟口伸手进去掏出一个智能手机时，我彻底无语了。雨已经下得很大了，我们都没有伞，只能在雨里淋着。

"那个……"我光是抬手指着智能手机，就好像花光了全身的力气。

"你说中了呢，那个条子在盘检的时候把这玩意儿塞进来了。那边完事之后他应该就会搜索信号吧，我们的大概位置他应该很快就会发现。"沟口说着，面带嫌弃地捻起智能手机，"或者这玩意儿一开始就在里面了，从他抢了钱藏到车里的时候，为的就是防止找不到这个包。"

"那等会儿这个地方就会被发现,然后警察就会来抓我们了吗?"太田惊慌地说着,看向昏暗的车道。

"呵呵。"沟口哼哼两声,挠了挠鼻子。他看了一眼车子,移开视线,很快又惊讶地看了回来。只见他盯着车牌,"咦"了一声。

"搞错了啊。"他说。

"搞错了?"

"盘检的时候我说的车牌号,我以为自己记住了,其实记错了。你看,倒数第一和第二个数字,我给记反了。"沟口把数字重复了好几遍。

我早就忘了他在盘检时说的是什么号码了,所以也无从得知他到底说对没有。

"也就是说,那条子明明听到沟口先生念错了号码,还是把我们放过去了吗?"

"这下没错了,那家伙从一开始就计划让我们过去。"

"哦。"我呆呆地应了一声,然后说,"可是,就算那位警官最后要来,也不是马上就能来啊。"接着我又补充道,"不是因为盘检还没结束吗?"

"是啊。"

我做出了决定。"所以,我们要趁现在啊。"

"趁现在?"

"我们三个平分了这笔钱,然后各自逃命吧。要是只把钞票拿走,是无法用GPS追踪的。"

沟口和太田沉默了片刻，马上两眼发光地说："好主意！"

他们的反应实在太单纯了。这种仿佛面对不知怀疑他人、纯洁干净的少年一样的感受，既新鲜又滑稽，同时充满感动。这两个人淋着雨，头发湿答答的，看上去就像两个大孩子。

很快，他们就不知从哪儿搞来了几个便利店的塑料袋。待我回过神来，他们已经开始往口袋里扔钞票了。当然，这几个口袋根本装不完所有钞票，但二人好像并不在意，他们似乎从一开始就不打算把所有的钱都带走，也不知是他们无欲无求，还是神经大条。

"给你。"沟口突然塞给我一个袋子，看来他已经把我的那份也装好了。雨水打在塑料袋上发出噼啪声，我往里一看，袋子里至少装了五百万日元的钞票。我接过来，连声道谢。被淋湿的刘海垂下来，贴在脸上，让我很不舒服。

沟口和太田十分爽快，他们说："好了，我们得赶紧消失了。你也用这笔钱买双新鞋吧。"然后转身就想走。

"呃。"被丢在一旁的我叫了一声，但我感觉那个字仿佛落在了脚边，沉进了水洼里。

原来如此，我得救了。过了一会儿，我才突然冒出这个想法，紧绷的肩膀也松懈下来，这才总算有心情去想。雨水真冷。只是，当我再吐出一口气，抬脚准备往前走的时候，猛地又看到了沟口的脸，吓得我差点儿仰天跌倒，口中发出了一声小小的尖叫。

"我刚想起来，有人委托我们绑架你来着，这可是我们的活儿啊。"他挑起一根眉毛，"那岂不是不能放你走吗……差点儿就把你放走了,真不好意思。"

"你何必想起那种事情来呢。"雨越下越大,湿透的衣服贴在身上,让我很难受。

"不好意思,我们也是受人所托,不干活儿是不好的,这事关乎我们的信誉问题。跟我来吧。"

我反射性地说"肯定不会有问题的",现在不是矜持的时候,必须强硬一些。

"什么没问题啊?"

"我觉得,已经没有人恨我了。"

沟口皱起眉头。他似乎因为我这句出乎意料的话开始警惕起来了。

"为什么已经没有了?"

"那个委托人,可能已经不在了。至少没有意识了。"

"什么没有意识了,难道你真知道委托人是谁吗?"

"你刚才不是告诉我了吗?说一定是那个外遇对象。"我想起我的外遇对象。虽然早已决心与他分开,并对以后的行动做好了准备,但一想到那人已经不在了,心还是会有些抽痛。此时我已认定,那个人不会再恢复意识了。

我跟沟口谈话的时候,太田悠哉游哉地站在一边,甩着手上的塑料袋说:"沟口先生,我们快走吧。"

"我认为,这个委托应该不是我的外遇对象直接发出的。"

"搞什么,你的外遇对象是个很了不起的人吗?"

"就算是他委托的,我觉得,现在他们也顾不上这茬儿了。"

沟口直直地盯着我。他表情严峻，好像随时要扒了我的皮。虽然有时候会说些傻话，但他毕竟是在黑道上走到了现在的男人，这么一想，我不禁毛骨悚然。因为害怕会被当场弄死，埋到深山里，我不禁有些恍惚。

可是，沟口却说："唉，既然如此，那就算了吧。"还对我笑了笑。然后又说："回见。"就转身离开了。不断落下的雨水，就像替他遮盖身影的窗帘。

被扔在原地的我抓着塑料袋，远离车道，长出一口气。浑身湿透的我走在路上，担心沟口又跑回来。我脱掉了高跟鞋，本来打算找个地方随便买双凉鞋，但考虑到光着脚去买鞋过于引人注目，于是看着双脚，烦恼着要不要再把鞋穿上。

我再次确认信封还放在上衣口袋里。虽然没仔细往信封里看，但里面肯定有一把刀。当我在地铁车厢里，从一个陌生的西装男手上接过这玩意儿时，就摸到了刀子的形状。凶器是一把刀。想必那个西装男也是从别人手里接过这东西的。

"你在哪里？"对方马上接了电话，声音听起来有些慌张，"你迟迟不联络，我很担心。"

我正好站在一个公交车站旁边，就把那个站名报了过去，接着解释道："我刚才差点儿被两个不认识的男人绑架了。"过了一会儿又说："嗯，现在已经没事了，信封在我这里，我会按照预定计划把它扔掉的。"

我并不知道究竟是谁安排了这个计划。不过我推测，参与这个计划的所有人多少都对那个叫田中的男人心怀怨恨。身为一名国会议员，自然会有很多仇家，而像我这样，跟他外遇之后又被要求"搞清楚立场"的人肯定也不少。在杀害田中的计划里，我被分配到了丢弃凶器的角色。从现场逃离的凶手把凶器放到信封里交给某人，那个某人又把东西传递给另一个某人。最后信封到了我手上，由我处理。我将把它带回家去，当成家庭垃圾扔掉。凶器就像接力赛的接力棒一样，被传递数次，然后丢弃。

沟口在车里也说过，事情只要一件一件做好就行了。我们必须分工合作。

不过我万万没想到，田中竟然还想绑架我。看来他也觉得我是个绊脚石。真是太过分了，这种事情是一个巴掌拍不响的啊。

手上提着的几百万元钞票已经湿透了。我穿着吸满了雨水的丝袜走在大街上，走一步挤出一点水来的感觉真够恶心的，不得不不时停下来一次。不过我很快就适应了这种感觉，然后就再也没停下来过。

第四章 小兵

冈田君是问题儿童。午饭时间,班上的女孩子们这么说。

转头一看,冈田君坐在稍远的地方,虽然与同班同学们坐在一起,但他一言不发,只顾着搅动勺子。女孩子们的声音虽然挺大,但他应该没听见。

"我妈妈说,他是个问题儿童,而且情绪很不稳定哦。"女孩子继续说。虽然不太明白那些话是什么意思,但至少"不稳定"这个词她懂了。

摇摇晃晃,有点危险的感觉。

四年级换班后,她头一次跟冈田君同班①。如今已经过去三个月了,他们却几乎没有说过一句话。冈田君身材高大,头发短短的,看起来很矫健;话很少,看起来很老实的样子。虽然他好像没什么特别亲密的朋友,但也看不出来哪里危险。

不过,冈田君倒是时不时会做出些令人大吃一惊的事情。

比如五月份。他突然试图在全班女生的书包上画小小的涂鸦。有一天上体育课的时候,他突然说:"老师我肚子痛,要去厕所。"得到班主任弓子老师的许可后去了,却过了很久都没回来,结果他是去画女孩子的书包了,还被正好路过的校长发现。

头发稀少、眉毛浓密的校长平时看起来乐呵呵的,可一旦生

---

① 日本小学会每隔一段时间调换一次班级。

起气来，就可怕得好像随时会喷出火来，所以我们都很害怕他。

"当时校长先生气得脸都红了，冈田君一直低着头，而弓子老师则努力想当和事佬。"这是某个悄悄跑去教师办公室偷听的同学说的。

放学后，冈田君的妈妈好像也被叫来了，当时的情况也是听一个放学后留下来进行乐器吹奏练习的同学说的。

"他妈妈个子高高的，长得特别漂亮，我都吓了一跳呢。她抽了冈田君一巴掌，气得大吼大叫，更让我吓了一跳。"紧接着这个同学又说，"他妈妈还说'我怎么养了你这个不肖子'呢。真是太吓人了。"

那时候，弓子老师插进来安抚道："算了算了，冈田夫人。"

冈田君的妈妈是个大美人。冈田君的妈妈很可怕。总是挡在中间的弓子老师真辛苦——这就是我所得到的情报。

没过几个月，冈田君又被骂了。

这次可比上次的书包恶作剧还要严重。早上上学时，同学们发现校门附近好像跟平时不太一样了，正奇怪是怎么回事儿，原来，是校门旁边的墙壁被涂成了蓝色。

那面原本是水泥色的墙面上，突然多出了一个用油漆涂成的蓝色长方形，看起来格外显眼。

听说那是冈田君干的哦。我刚走进教室，就听到同学们在议论。"他是一大早过来涂的，还是趁着晚上过来的呢？"

今天本来是学校组织去爬山的日子，大家定于五点钟在学校集合，然后乘坐大巴前往附近的山上。可是因为大巴公司的安排失误，实在找不到司机了，只能把日期延迟到后天。

莫非冈田君对延迟不满意吗？有的同学议论道。没想到那个冈田君竟然这么关心学校的活动，这让我感到十分惊讶。

冈田君好像又被叫到办公室去了，我不禁想象：校长肯定又在喷火，美人妈妈肯定又在抽耳光，而弓子老师肯定又在做和事佬了吧。

然后，女孩子们又说："冈田君是问题儿童。"

其实我不是很明白，问题儿童究竟是什么意思。

如果有"问题"儿童，是不是也有"答案"儿童呢。莫非冈田君提出问题，然后由别人来负责解答吗？我想象着。

几天后，长期出差的爸爸打电话回家，我跟他探讨了关于"问题儿童"的事情，结果被他夸奖了。他说："'问题儿童'对应'答案儿童'，你这个见解很独到。"爸爸的语气显得很高兴。

得到爸爸的赞赏，对我来说是最高兴且最自豪的事情。因为爸爸在一家外贸公司工作，经常到国外去，虽然理所当然地待在家里的时间会变少，但他多劳多得，好像在公司也受到了提拔，无疑是我的榜样。而且最近爸爸把他"真正的工作"，也就是那个惊人的任务内容告诉了我，让我愈发尊敬他了。

在被爸爸夸奖"见解独到"后，我把冈田君被班上的同学说成"问题儿童"的事情告诉了他，又把书包恶作剧事件说了一遍。

结果爸爸马上压低声音说："我知道答案了。"把我吓了一跳。

"知道答案了？"

"你还记得以前看过的一本画册吗？强盗找到主人公的家，为了日后上门抢劫，而在门上留下了×号。"

我想起来了，那是阿里巴巴和四十大盗的故事。

"后来有人发现了那个记号，就在所有人家门上都画了×，对吧？"

后来，强盗们不知道哪个才是他们做了记号的门，只好作罢。他们真厉害啊，我当时很是感慨。

"冈田君可能就是想做同样的事情哦。"

"啊？"

"比如说，一个坏人想对你们班上的女孩子干坏事，就在那女孩子的书包上做了记号。或者那个女孩子的书包上本来就有个醒目的记号。"

"比如说绑架？"

"那个太糟糕了，我想都不敢想。不过，可以假设是那样。"爸爸说，"冈田君很有可能发现了那个被做了记号的书包。"

"于是，他就在所有女孩子的书包上都做了同样的记号！"我兴奋起来。这简直就是阿里巴巴和四十大盗嘛。同时我也很感动，爸爸的推理实在是太厉害了。

"也就是说，冈田君是个会提出神秘问题的问题儿童。"

"然后，爸爸把问题给解开了。"

接下来，我还打算把前几天发生的油漆事件也告诉爸爸，并认为如果是爸爸，肯定能一下子就给出回答。

可是，妈妈恰好从超市回来了，害我顿时手忙脚乱起来。

爸爸正在欧洲出差，国际长途很浪费钱，让妈妈发现不会有好脸色。每次我跟她说："爸爸打电话回来了。"她都会很在意电话费的问题，露出伤脑筋的表情。搞不好妈妈对爸爸出差这件事本身就很不高兴。

要是她知道了爸爸真正的工作，应该就很支持了。

我爸爸不是公司职员，不，搞不好他真是公司职员，但实际上，他做的都是保护情报、夺取情报、进行秘密联络等类似间谍的工作。这只有我才知道。

发现真相的契机在于一个神秘的女人。一天放学路上，与同学分开后，我一个人走着，突然被一个黑衣服的高个子女人叫了名字，她还冲我笑。学校老师总是不厌其烦地说，陌生人打招呼千万别理睬，但真的发生了这样的事，我还是没办法干脆地将其无视。我不由自主地应了一声。

"我知道你父亲的事情哦。"那女人神秘兮兮地说着，并露出意味深长的笑容，让我感觉整个世界霎时变成了黑白两色。

那天晚上，我把这件事说了出来，爸爸听完面色阴郁。随后有一天，他趁着我们两人独自出门的时候，把所有事情都告诉了我。

"其实爸爸正在做一项秘密工作。"他用了机密任务这个词，"因为是个机密任务，为了不给家人带来危险，我一直瞒着你和你妈妈，不过现在似乎暴露了一些。"

我大吃一惊。吃惊的同时，还感到了恐惧。因为很可能有人想阻挠爸爸的工作，而那个人很可能会把矛头指向我和妈妈。这个可能性，十分大。

见我被吓得面色惨白，父亲很快换上平缓的语调。"不过没关系的。"接着又断言道，"因为爸爸还有许多伙伴，他们会保护我们的。"

这句话虽然让我安心了不少，但我还是很担心是不是真的没关系。那会不会是父亲为了让我安心而编造的谎言呢？

我的担心是多余的。

因为过了一阵子，几个陌生人突然跑到我面前。放学路上，一个穿西服的男人过来对我说："我是你父亲请来的保镖。"另外一个男人告诉我："问题已经快解决了。"

又过了不久，我们一家人从超市回来，父亲偷偷对我说："现在已经没事了。我的事不会再拖累你们了。"

我松了一口气的同时，整个人也呆滞下来。因为这段时间的经历虽然惊险紧张，却也让我感到兴奋不已。

于是，我就这样知道了父亲在做特殊工作。

这是令我骄傲的、只属于我一个人的秘密。

仔细想想，其实父亲的动手能力很强，对各种消息也很灵通。

每逢有暑期作业，他都会先帮我一起搞自由发挥和研究，而且最喜欢做实验。

当我们用小镜子反射太阳光，尝试那道光能射多远的时候，我说了一句："这个都能当武器了吧，因为太阳光会把眼睛搞坏。"那时父亲露出尴尬的表情。他很可能真的用过那种武器，或者遭遇过类似的惊险场面。

从幼儿园开始,每当他吩咐我做什么事情,我回以一个军礼的时候,他都会高兴得不得了。

"遵命!"我"啪"地绷直身子说,"保证完成任务。"然后敬一个礼。

这时父亲都会直呼我的名字,然后说:"祝你成功。"

莫非对父亲来说,军队是很亲近的存在吗?也可能是我想太多了。

我曾经在电话中问:"爸爸会用武器吗?"

他笑着回答:"有时候会。"还说:"我会利用身边的东西当武器。"

"就像挂衣服的衣架?"我想到了以前看过的电影画面。

"那也可以啊。总之,要善于利用身边的东西来当武器。"

父亲的话犹如醍醐灌顶,让我深深感慨。我说:"原来如此。"同时兴奋起来,因为我知道,父亲不是个简单的角色。

虽然父亲到外国出差,我总是见不到他,但想到父亲也有自己的任务要完成,我就忍住了寂寞。

在我快要挂上电话时,父亲突然说了句:"对了。"

我已经听到母亲走进家门,把伞放在玄关的动静了,便略显焦急地小声问:"什么?"

"你学校有没有个叫弓子的同学啊?"

"啊?"

"弓子妹妹。"

"爸爸，你忘了吗？我现在的班主任就是弓子老师啊。"

"啊，是吗。"父亲吃了一惊，若有所思地说。

我实在不明白他为什么会突然说出老师的名字，便问："弓子老师怎么啦？"但听到母亲渐渐逼近的脚步声，又迫不得已地说："我得挂了。"

"你要小心你老师。"父亲说。

"啊？"我一不小心又多说了一句。

"最近墙上不是有油漆的涂鸦吗？"

我听了大吃一惊。"你是说冈田君？"

"那是冈田君干的吗？"

此时母亲走了进来，我只能挂了电话。

那次电话之后，我混乱地打发着校园生活，每天都忙于做作业、玩耍和看电视，根本没时间在意父亲在电话里说的事情。不过，冈田君的事情，以及父亲说的那句"你要小心你老师"，我还是多注意了一些。

一开始，我还以为弓子老师是什么危险人物。她会不会是隶属于与父亲敌对的势力中的大坏蛋呢？不过过了一段时间，我又想到另一种可能，那就是弓子老师可能面临着危险。

冈田君再次引起全班同学的关注，是一周以后的事情了。

那天开年级大会，有个同学举手说："冈田君弄丢了一个躲避球。"那个同学体格强壮，头脑聪明，是班上引人注目的角色。而且，他经常对别的同学，甚至老师说三道四。他母亲是位著名学者，还经常上电视。我母亲常常无可奈何地说："世上恐怕不存在能说得过那位妈妈的人。"

"啊，躲避球丢了吗？"弓子老师吃了一惊，"真的是冈田君弄丢的？"她看了看全班同学。

没有人回答她，冈田君也只是看着窗外。

"因为我看到冈田君最后拿着那个球，砸到墙上了。"秀才同学尖锐地指出。

"不过，只凭这个可不能断定哦。"弓子老师二十八岁，比班上同学们的妈妈都要小，但为人很踏实，值得信赖。她生起气来虽然可怕，但其余时间都小心翼翼的，避免对学生使用苛责的语言，语气十分温柔。

"冈田君，是这样吗？"

全班同学的目光都集中在了冈田君身上。而冈田君则跟平时一样面无表情，看起来很没精神。只见他喀拉喀拉地拉开椅子，站起来说："我把球放回球筐里了。"

"冈田君用的球不是绿色的吗？绿色的球一共有三个，现在只剩下两个了。"

"先别急。"弓子老师微笑着摆了摆手，似乎要把即将翻滚起来的惊涛平息下去，"冈田君不是说把球放回去了嘛。"

"他肯定是在撒谎。"

"不过啊。"老师用起对朋友说话的语气，"冈田君没有理由撒谎对不对？应该说，他根本没有把球拿走的理由啊。"

"难道不是想要那个球，就偷走了吗？"

"躲避球是在学校大家一起玩的游戏,就算拿回家去也玩不了啊。可能是那个球恰巧自己滚跑了吧。"

"恰巧?自己滚跑了?"秀才同学似乎根本不吃这一套。

"嗯,所以过不久又会找到的。"

"可是老师,冈田君曾经在墙上涂鸦,又在女生的书包上乱涂乱画,总是做些奇怪的事情,所以他完全有可能偷球啊。"

"你这么说有些牵强了。"弓子老师把手放在腰上,歪着头说,"再说了,躲避球弹力很大,完全有可能一下弹到高处去,这样也不奇怪啊。"她模仿秀才同学的语气说:"所以啊,我们在怀疑某个人的时候,必须要掌握很确切的证据才行。"老师看了一眼冈田君,轻快地说:"冈田君要是有什么想说的,也可以现在说出来哦。应该说,这种时候不反驳是不行的,那样自己的嫌疑就无法洗清。"

冈田君先是歪了歪头,然后又摇了摇头,似乎在说:"还是算了吧。"

我听着弓子老师的话,想起了父亲此前说的那些事情,不由得想:"这样的弓子老师真会是危险人物吗?"爸爸所谓的"要小心",肯定是指弓子老师有危险吧。

"老师,你不要再偏袒冈田了。"秀才同学说。

"我没理由要偏袒冈田君啊。"

老师话音未落,秀才就说:"难道不是因为你害怕冈田君的妈妈吗?因为她很凶,会数落你。"

我们只能在一旁呆呆地听着这两个人的对话。

弓子老师露出困扰的表情，带着不知是苦笑还是欲言又止的神色忍了一会儿，好像忍不住了，便说："冈田君的妈妈很可怕，你妈妈不也一样可怕吗？！"

我这时恰好看向了窗边的座位，只见冈田君虽然目不转睛地看着窗外，手却遮住了嘴巴。看着他强忍笑意的动作，我不禁想，原来冈田君也会笑啊。

第二天，我遇到了冈田君。我刚从朋友家里玩完出来，正蹬着自行车，就见到冈田君同样骑着自行车从另一面过来了。我惊呼一声，按住刹车。冈田君可能觉得无视我不太好，便也停了下来。我们交换了两句含糊的招呼，我又说了句无关紧要的话："你要回家了吗？"

冈田君回答说："我刚上完补习班，正要回家。"只见他的自行车筐里还装着黑色的书包。

"原来你在上补习班啊？"我感到些许意外。仔细想想，我甚至连冈田君学习好不好都不太清楚。

"因为大人要我去。"冈田君小声回答，"他们说，只要学习好，以后路就好走了。"

"真好啊。"我忍不住说，"我也想以后的路好走。"

"不过我觉得，应该不是学习好就万事大吉的。"冈田君冷淡地说，"只要学习好就能衣食无忧，这想法也太天真了。"

"冈田君啊，我真不明白你一天到晚在想什么东西。"

他对我的发言似乎感到十分意外，我们之间出现了瞬间的沉默。我反省着自己，担心说了错话。冈田君却皱着眉头说："其实我也不知道，自己到底更喜欢哪边。"我不禁想起班上那个女同学的话，冈田君很不稳定。

"你那是什么意思？"

"比如，我见到一个正在伤脑筋的人，就会想上去帮忙，但同时也会想，反正伤脑筋那个不是我，何必呢。"

"什么意思啊？"

"而且，世界上有那么多人在伤脑筋，或者面临困境，我根本帮不过来。所以有时还会想，是不是帮人根本就没有意义呢？而且，助人为乐这种事，本来就给人一种邀功的感觉。"

"冈田君，你想太多了。"

"我跟妈妈说了这些，结果把她惹生气了。她说，你怎么能不明白别人的痛苦呢？要想助人为乐，你还早了十年呢。"

"听说冈田君的妈妈很漂亮呢。"

"别人的痛苦，不是只有本人才能明白吗？你不觉得吗？我们又不是神仙。"

我还是头一次听冈田君说这么多话，虽然有些困惑，但还是很高兴。

"于是，我刚才去碟片店借了这个来。"冈田君从自行车筐里拿出一个蓝色小布口袋，"从出租碟片那里。"

我知道车站前有个小小的碟片店，我跟爸爸妈妈去过好几次。里面总是站着一个年轻的大哥哥打理店铺。

"不是要有父母跟着才能租到吗？"

"那里的店员很随便的,只要给钱,就能租到碟片。因为最近车站附近又开了一家大的碟片店,所以已经顾不了那么多规矩了。"

"啊,也有可能。"

"我就问他,有没有什么反映人们痛苦和艰辛的电影啊?我想知道别人的痛苦,有没有什么有拷问画面的电影啊?"

店员一开始吃了一惊。"这小学生胆子真大。"然后他似乎有了好主意,笑着说,"我有张不错的。"

"于是,他就给我推荐了这个。"冈田君从口袋里掏出的碟片上,印着《小兵》的片名,"他说这是法国电影。"

"里面有拷问画面吗?"

"据说是让人根本无法想象的、很可怕的拷问哦。"冈田君神秘地点点头。

我表示想跟他一起看,冈田君理所当然地露出了为难的表情。但我作为一个肩负秘密任务的父亲的儿子,感到了一种使命感,觉得应该了解一下那些事情。

我想象着冈田君生气地说"开什么玩笑,我跟你又不是好朋友",但事实并非如此。只见冈田君抱着胳膊思索片刻,然后说:"不过今天有点晚了。"

"那明天怎么样?我可以到冈田君家里去吗?"虽然觉得自己厚着脸皮跑到别人家去实在太对不起他了,但我的好奇心还是略胜一筹。

冈田君说:"我回去问问妈妈。"

然后我们互相道别,各自重新跨上自行车,往相反的方向骑去。只是,在脚底触到踏板的那一刻,我又想起了父亲在电话里说过的事情。"冈田君,"我叫住他,问,"弓子老师很危险吗?"

"你是怎么知道的?"冈田君的反应意外地有压迫力。

等我回过神来时,已经和冈田君一起来到学校附近了。因为他说"跟我来",结果就跟到了校门口,我还以为他是忘了拿东西呢。信号灯刚变绿,冈田君就横穿过车道,向学校对面的超市骑去。那里不久前还是间文具店,但因为店主去世,店铺也被拆掉了。我们当时还在想,会新建一家什么样的店呢?要是书店或玩具店就好了,但最后建起来的却是超市。对此我们既没有满心欢喜,也没有极度失望。

超市楼上是公寓,整栋楼一共有五层。一楼就是商店,住在这里的人买东西一定很方便吧,我不禁有些羡慕。

屋顶上飘着宣传开张日期的气球。冈田君在店旁的自行车棚里停下了自行车。

"你要买东西吗?"我问。

冈田君回答:"是刚才那件事。"

"刚才哪件事?"

"弓子老师很危险。"冈田君把车支架放下来,锁上自行车说,"正好我也想到这里来一趟。"

"真的很危险吗?"爸爸的情报果然没错吗?

我快步跟上冈田君,走进超市里。弓子老师的危险跟这个超市有什么关系呢？

店里有好几条通道，从蔬菜到鱼、肉，各色专柜都很齐全。周围时不时出现几个提着购物篮的女性，但她们似乎并未注意到我们。冈田君小心谨慎地往货架深处走去。

一个搬着货物的店员从后面转出来，冈田君爽朗地打了声招呼，与他擦肩而过，走进了一个类似仓库的地方。这里光线昏暗，尘土飞扬，还停着运货用的车子。我问冈田君："咱们跑到这里来真的没问题吗？"不知是我声音小，还是他直接把我无视了，反正冈田君一句话都没说。我跟着他走向建筑物外侧的紧急疏散台阶，哐当哐当地向上攀爬。

"我们要去哪里啊？"

"那上面曾经有个可疑的家伙。"冈田君脚步不停地往上爬着，声音飘下来。

"这上面？屋顶吗？可疑？"

"那个人在监视弓子老师。"

一口气爬五层楼很累人。我走到一半就气喘吁吁，于是一鼓作气往上跑了一段，累得停下来喘一阵，再往上跑一段，再停下来，如此往复。而冈田君则一直走在我前头。

正在我猜测这段楼梯的终点究竟在何处时，发现已经来到了屋顶。虽然有扇门，但把搭扣提起来就能进去了。

在屋顶上感觉很好，周围没有高层建筑，因此能看到一片宽广的天空。我因这个未知的场所感到了单纯的感动，兴奋地四处乱看。正打算找找自己家在哪儿，却被冈田君叫了过去。

冈田君站在能看到学校那一侧的铁丝网边，从这里可以俯瞰整个学校。我瞥到校门附近的墙壁，问：“那次的油漆事件有什么意义吗？”

冈田君挑了挑眉毛，看向我这边。明明我俩的身高和身材都差不多，但他看起来要比我个子高。我猛地绷紧身子，随时防备他冲过来抓住我。可是冈田君并没有那样做，而是说：“那并不是我愿意才去做的。”

"可是那天不是登山被延期了嘛。跟那个有关系吗？"

"登山？"冈田君并非装傻，而是真的露出"你到底在说什么"的莫名其妙的表情。这一瞬间，我明白了，冈田君的行为跟登山延期没有半毛钱关系。

原来他不是因为不能爬山大失所望，才去校门口涂油漆的。

那到底是为什么？

跟弓子老师有关系吗？

我感到疑惑，同时，脑海中又掠过"冈田君是问题儿童"这句话。如果有问题儿童，那应该也有答案儿童。然后我又想起跟父亲的那通电话，接着便想到阿里巴巴和四十大盗里"为了隐藏涂鸦而制造涂鸦"的情节。

"难道是为了隐藏涂鸦才涂上去的吗？"我说。

那时，冈田君很可能头一次真正认同了我。只见他瞪大了双眼，似乎在问"你是怎么知道的"？

"这很简单。"虽然根本不知道究竟是怎么回事儿，我还是装出一副什么都知道的样子。

"那上面写了弓子老师的坏话。"冈田君皱着眉说。

"坏话?"

据说,冈田君每天一早都会出来跑步。之前我问过他为什么,但他只说"没为什么"。他既不是田径队的成员,也没在准备马拉松大赛。只为了"没为什么,就是想锻炼锻炼身体"而每天清早五点起床,出来跑步或者做俯卧撑。话说回来,冈田君的身体似乎真的很结实,所以才会看起来比我厉害啊。

"那天我跑过学校,正好看到墙上写着'弓子 不可原谅'的大字。也不知道是喷漆上去的还是怎么弄的,反正写了很多脏话。"

"脏话?"这种说法对我来说十分新鲜,冈田君本人好像也不太习惯用这个词。肯定是从家长或者电视里学来的词吧。

"我问妈妈那些话是什么意思,结果被臭骂了一顿。应该是很下流的话吧。"

"冈田君的妈妈生起气来很可怕吗?"

我的问题并无深意,冈田君却意外地绷紧了脸颊。或许很讨厌自己的这种反应,他很快又咂了咂舌头。我吓得心头一惊,对方的不愉快就像落在自己肚子上的拳头一样。

"很可怕。"冈田君回答。

"比弓子老师还可怕?"

"弓子老师是那种,比如说有人忘了喂食,害金鱼饿死了⋯⋯"

"比如⋯⋯嗯⋯⋯"

"这时候,弓子老师会因为忘记喂食而生气,但并不会侮蔑那个人。"

"什么意思?"

"我也说不清楚。"冈田君大大咧咧地说,"但我妈妈不一样。我一旦失败,不仅是失败的内容,连失败的我也会被侮蔑。"

"侮蔑",这个词听起来也充满成熟的气息。侮蔑,被人侮蔑,我从未有过这样的经历,也不觉得今后会有这样的经历。

我灵光一现,说:"恨罪,但不恨罪人。"

话音刚落,冈田君的表情就明朗起来。"啊,你真会说话。可能就是那样,那就是弓子老师。"

的确,弓子老师在训斥我们的时候,并不会训斥我们本身,而是会为我们做的错事感到失望。所以我们下次才会更加努力,不让老师对我们失望。

"弓子老师不是会对我说'好好干'吗?那时给我的感觉是,只要好好干就能做好,她相信我的能力,所以我很高兴。但我妈妈相反,她好像根本就不相信我。"

"怎么会呢……"

"可能因为这样,妈妈才会讨厌弓子老师。"

"啊,真的吗?"

"而且好像还有别的家长也对弓子老师挺不满的。"

"为什么?"我无法想象弓子老师会被讨厌。虽然她有时候挺可怕的,但平时很温柔,也不会把我们当成傻瓜。

"听说有一次开家长会,某位家长对弓子老师提出了有关成绩的疑问。说他家孩子去上了补习班,但成绩还是很糟糕,再这样下去恐怕很难通过初中考试之类的话。"

"原来还有人要参加初中考试啊。①"我说。

冈田君苦笑道:"挺多的呢。"

结果弓子老师却说:"孩子不想学习的时候就不要勉强他,因为小孩子的童年还有更多更重要的事情要做。"她的这种回答对一部分学生的妈妈来说,似乎是很不负责任的。还有一些妈妈开始担心,把自家孩子交给弓子老师真的没问题吗?所以,这些人就结成了"不喜欢弓子老师"的团体。

"难怪你看到墙上那些奇怪的涂鸦,会觉得弓子老师有危险啊。"

本来就遭到一些母亲恶评的老师,立场会更加糟糕,甚至有可能在学校待不下去。想到这里,冈田君决定涂掉那些涂鸦。

"首先要让别人看不到那些文字。我知道学校后门存着一些油漆,就拿来把那些字涂掉了。"

"什么涂掉了?你把那一片都涂成蓝色了吧。不过,那到底是谁干的呢?是哪个不喜欢弓子老师的家长吗?"

冈田君摇摇头。"应该不是。都是很下流的话,很可能是某个喜欢弓子老师的男人。"

"可她是老师啊。"

听到我脱口而出的话,冈田君忍不住笑了。"就算是老师,回到家里也会看电视,也会到麦当劳去吃汉堡啊。而且还会想'明

---

①上公立学校不需要考试,如果要上私立的好学校必须一家一家去考。

天又要上班了,真讨厌'呢。"

"嗯,那倒是。"我嘴上虽这么说,却无法想象那样的弓子老师。

"不过,喜欢弓子老师的男人为什么要搞那种涂鸦呢?有话打电话说不就好了吗,实在不行还可以写信啊,何必写在墙上呢。难道要冲击吉尼斯世界纪录吗?"

"是不是为了吉尼斯就不知道了。"冈田君说,"反正那家伙就是所谓的可疑男子,根本不是正常人。"然后,他往前踏了一步。"你看。"他伸出手,从铁丝网上取下了什么东西。

那是一副望远镜,被一根绳子吊在铁丝网上。

"那是什么?"

"我刚才不是说,有个可疑男子从这里窥视校园吗?这个望远镜就是他的。"

"他在看弓子老师!"

"不仅是上体育课的时候,就连平时上课,我有时也能透过窗户看到他。就是他在窥视弓子老师。"冈田君像拿着不喜欢的食物一样捏着望远镜,递了过来。

我把望远镜架在眼前,周围的景色比想象中的还要放大了好多。此时校园里一个人都没有,但如果弓子老师真的站在那里,的确能清清楚楚地看到。不知不觉间,我的心跳开始加速。因为偷窥的罪恶感,我总觉得会有人突然冒出来责备我,因而胆战心惊的。因此,当身后真的响起"喂,你们在干什么"的叫声时,我吓得直接一屁股坐到了地上。

屋顶上站着一名陌生男子,穿着红色的外套,不知道多少岁了,看起来像个大叔,但搞不好其实很年轻。他身材结实,眉目间透着威慑,给人一种暴力的感觉。我不禁想起过去每逢节日就能看到的捞金鱼摊子前的大哥哥。

"喂,你们两个在屋顶上干什么呢?"他边说边往我和冈田君这边走来。

"啊,没什么。"我吓得浑身发抖。

冈田君却很淡定。"那你上来干什么?"他向前踏出一步,"难道是来看学校的?是你在偷窥吧!"

原来如此,盯着弓子老师的原来就是这个男人啊。冈田君一说,我才反应过来,不小心脱口而出:"你为什么要缠着弓子老师?"

"哈,什么老师?我这是兼职啊,兼职。你看那个气球。"男人指向上空。那里有个用绳索拴住、吊着一根条幅的红色大气球。

在貌似专用底座的地方有一套滑车,绳索就被捆在那里。

"我最近经常到这里来发呆。倒是你们,跑到这里来干什么?莫非是在超市偷了东西,逃上来的吗?"

"不。"我忽然尴尬起来。如果这男人是负责看管气球的,那我们倒成了可疑分子了。

但看看冈田君,他跟我不一样,完全没有露出怯意,而是拿起望远镜说:"那,这副望远镜是叔叔你的吗?"

"别叫我叔叔,我可比你们还小两岁呢。"

男人表情认真,我一下就相信了,还惊讶地问:"真的吗?"

"怎么可能！你看我像小学生吗？老子可不想再当小学生了。"

"为什么？"我一不小心又说出了心里话，"是不是因为被欺负了？"我单纯地如此想着。

可能因为我不小心把想法说了出来，只见那男人撇着嘴唇说："我小时候总被老爸揍，可痛苦了。当时我个子小，根本打不过他。我不想再过一遍那种痛苦的日子了。"他耸了耸肩，又说："对了，那副望远镜不是我的。啊，原来如此。"只见他叉着腰，走近铁丝网。"那家伙原来在偷窥学校啊。"

"那家伙？"冈田君大声说，"你见过他吗？"

"啊？你这小孩，我该说你是脸皮厚，还是太冲动呢？"

冲动的小孩，那是什么呢？我想起相扑中的技巧，不断扭着两条弯曲的手臂，打击敌人，不让其近身。这与冈田君那种难以接近的感觉的确很相似。

"我一开始还以为他是这栋楼的管理员。"男人说，"因为他有时候会跑过来，架着望远镜，我还当他在检查周围的安全状况呢，又或者是在偷窥哪户人家里之类的。那家伙离开后，我也偷偷看过一次，但根本没什么好看的。后来我认定，他一定是在观察小鸟。原来是学校啊。要是学校，那倒是看得挺清楚的。不过他偷窥学校干什么啊？"虽然这个男人看起来不怎么像好人，但将自己的想法一股脑儿都说出来的那股真诚，让我倍感亲切。

"他在偷看弓子老师。"我说。

"对，那男人觉得弓子老师绝对不可原谅。"冈田君点头道。

"不可原谅，是因为弓子老师对那家伙干了什么坏事吧。真意外啊。你们还小，可能不懂。"男人的呼吸突然粗重起来，"这世界上就是有男人会单方面地喜欢上一个女人，然后缠着她不放。这种人好像还挺多的呢。他们有时候会打无声电话，有时候还会跟踪呢。"

"像侦探一样？"

"算是没接到委托也没发现事件却要跟踪别人的侦探吧。"男人鄙夷地说，"我有个熟人也这样。他那种人啊，迟早要闹出事情的。"

"真的吗？"

"因为他可以单方面地喜欢上某个人，就可以单方面地对某个人生气，甚至单方面地憎恨某个人啊。"

"那要跟警察说才行。"

"遗憾的是，警察只有在出事之后才能行动。只因为对方可疑，他们是什么都做不了的。"

"弓子老师危险了，我们必须想想办法。"虽说如此，我却什么都做不到，只能忽左忽右地来回转悠。

冈田君则不一样。当时，他一定在思考自己能做些什么吧。

"有我在。"他指了指望远镜，宣言道，"那个男人肯定还会来这里的，我只要等着就行了。我要在这里抓住他。"

"啊，那你不去学校上课了吗？"

"那种事情，无所谓了。"冈田君不高兴地说。

男人笑了，说："你们两个小孩子，耍耍帅就好了，但也要正视现实啊。听好了,你们整天做白日梦是没用的,我有个熟人说,人能随身带着电话出行的时代很快就要到来了,但那种事情完全就是天方夜谭,毫无现实意义。电话要怎么带上街去啊。你说是不是?万一人家问:'你好,请问是山田先生家吗?'难道要回答:'不,我没在家,在路上呢。'这不太奇怪了吗?!谁会有那种急事啊。要是急得非得在外面打电话,干脆去见面不就好了?与其做这种拿着电话上街的白日梦,还不如好好正视现实。因为出现在你们面前的,只可能是现实啊。"

这个男人的气势把我镇得无话可说,连冈田君都表现出"这男人到底怎么回事儿"的惊讶。不知为何,那句"正视现实"在我脑中不断回响,久久不能散去。

"我帮你们看着。"男人说着,不知从哪里拿出一面小镜子照了起来。

"啊,看镜子?"

"才不是。"男人转向我说,"我只是在检查自己的造型。怎么样,这发型挺不错的吧?"

"呃,嗯。"我只能哼哼两声。

"那啥,我这段时间都会在这里打工,像个傻瓜一样发呆。所以,那个望远镜家伙要是再来,我会帮你们质问他的,没准还能帮你们威胁他一通。就说,不准对我的女人出手。"

"弓子老师不是大叔的女人。"冈田君说。

"也对。啊,对了。"男人猛地拍了拍手,"对了,我想起来了,我好像拍到过那个男人的照片哦。"

"啊，照片？"

"没错，是拍到过。那啥，我今年夏天跟一个女人到海边去玩了，就是那种穿着比基尼的海边。"男人比画出泳衣的形状，一个人兴奋得不行。海边跟这件事有什么关系，我想。

"我们当时用一次性相机照了几张相，然后就扔在那儿了。后来我想去洗照片，但想到里面还剩了几张底片没照，那时刚好在这屋顶上无所事事，就随便拍了三张左右。当时那人也在这里。"

"在哪里？"

"我记得当时望远镜男人刚好路过我面前。搞不好真被我拍到了哦。"

"让我看看。"冈田君伸出手，像要零花钱一样说。

"现在没在我身上，还在照相馆里呢。过几天就能冲洗出来了，到时候你们再来吧。"

"要是在此之前那个男人又出现了，我就替你们好好骂他一顿。"男人不耐烦地伸了伸懒腰，像赶人一样说，"那再见啦。"同时又有点高兴地说："干脆把那家伙威胁一通，再敲诈点零花钱吧。"

回家之后，我还是十分在意弓子老师和潜伏在她身边的敌人，很想马上告诉警察，甚至在家里的电话旁转悠了很久。我想跟爸爸商量商量，但他总也不打电话过来。我只好咬咬牙，对母亲说："我想跟爸爸说说话。"母亲担心地问我怎么了，接着摇着头说："现在爸爸所在的国家是白天，他在上班呢。"

我知道往外国打电话费用高得吓人,不由得恶狠狠地想:可恶的时差!可恶的电话费!

对决时刻很快就到了。就是第二天。结束了一天的课程,同学们互相道过别,纷纷背起书包,闹哄哄地走出了教室。冈田君并未跟我说话,而是像往常一样呆呆地看着窗外。于是我主动走过去,提醒他说:"昨天的电影……"因为我跟他约好,一起看那部他租来的电影。

"啊,是啊。那你要来吗?"冈田君这样说,我很高兴。

我看向讲台,弓子老师整理好了花名册和教科书,正准备离开教室。几个同学跟她打过招呼,回家去了。然后我看到教务主任走了进来,带着一脸伤脑筋的表情,对弓子老师悄悄说了些什么。弓子老师听完脸都绿了,慌慌张张地走出了教室。

我和冈田君面面相觑。

发生不好的事情了。

我们不约而同地追随弓子老师跑了出去,刻意与她隔开一段距离,混在其他学生中,有种当侦探或刑警的感觉。

弓子老师走过教师办公室,径直往学校后方走去。那里只有焚化炉和腐烂的叶子,光线昏暗,且飘荡着一股独特的臭味,一般不会有人主动到这里来。

穿着运动服的弓子老师一边四处张望,一边快步走着,时不时还小跑几步。

不远处站着一个男人。弓子老师猛地站住,我们从她背后也能看出，她明显很害怕。虽然害怕，却不敢逃离。

好好干！

我很想像老师平时鼓励我们一样上去鼓励她，却发不出声音来。

弓子老师面前的男人是个陌生的年轻男子，穿着敞开扣子的衬衫，明显就不是个"正常的大人"。是个坏人。

冈田君身体一动，往斜前方走去。稍微靠近弓子老师一些，然后躲在了仓库的阴影里。我也紧跟其后。虽然弄出了一些脚步声，但应该没被发现。

我的心脏在剧烈地跳动着。没问题的，因为我是爸爸的儿子。我反复对自己这么说。爸爸在外面时总会执行这样的任务，我肯定也可以的。

"请你不要到学校来。"我听到弓子老师的声音。

"有什么嘛，我们那么熟。不就跟家长参观日一样嘛。"男人嬉皮笑脸地说，"而且啊，我一说是你弟弟，人家马上就带我过来了。"

"学校的教职工都是好人，不会随便怀疑别人的。"

"快跟我和好吧。"男人说。

"和什么好，我跟你一开始就不是恋人关系。请你不要再来了。"

"还有，我又没钱花了。"

我虽然听不太明白他们的对话，但我知道，弓子老师不喜欢那个人。

"我要叫警察了。"

"我们只是口头争吵嘛。我可以说,想看看自己女朋友工作的样子,就忍不住跑过来了。"

好了,这下该怎么办呢?冈田君,怎么办啊?我正想小声问他,却发现冈田君不见了。

我正奇怪,很快就发现他已经走出了仓库的阴影,正大声说道:"喂,你——"

"冈田君。"弓子老师回过头,惊呼道。

"你是什么狗屁东西?"男人毫无怯意地说。

"弓子老师觉得你很烦,不要再来了。"冈田君毫不畏惧地走了上去,"还在墙上乱涂乱画,你真是太奇怪了。"

"乱涂乱画?"弓子老师看了看冈田君,又看了看那个男人,"冈田君,你在说什么?"

"话说回来,那玩意儿被人用油漆涂掉了。不过,那样更难看啊。"男人的声音越来越大。

"你还从屋顶往这边偷窥!"我也跳了出去,站到冈田君身边。

弓子老师更加吃惊了。

"你们两个是谁啊?弓子班上的小孩吗?真是管教不够啊。'哎呀,请不要欺负我们的弓子老师,我们会保护她的!'是想这么说吗?!"男人捏着嗓子模仿幼童的声音,戏弄我们。

"我们从不那样说话。"冈田君的声音也大了起来。然后像脑子里的开关被合上了一样,下定了决心,一步步地朝男人走去。

"冈田君,你们快回家去,这是老师的问题。"弓子老师慌忙伸手拦住冈田君，但冈田君用力甩开了她。此时他眼里只有那个男人了。

"老师的问题？每次老师提出问题，不都是我们来解答的吗？"冈田君话音未落，已拿起用来从焚化炉中扒灰的铁棍，挥舞起来。

我说不出话来。弓子老师也掩着嘴巴，不能动弹。

冈田君挥动着铁棍就往男人脑袋上招呼。男人猛地抬起左手挡开一击，但还是痛得叫了出来。他的叫声就像野兽一样。

冈田君又举起了铁棍。"不准骚扰弓子老师！"

"你在说什么呢，小朋友？"

弓子老师说了些什么，只见冈田君再次挥动铁棍，男人又用身体挡开了那一击。这些动作几乎同时发生，我只能呆愣在原地。

回过神来，我才发现冈田君已经被那个男人抓住了。男人从背后架住冈田君，不知从哪里掏出一把小刀，抵住了他的脖子。

我根本无法理解眼前发生的事情。

弓子老师生气了。她满脸通红，气得要喷出火来，恶狠狠地说："你在干什么？！马上放开冈田君！"

"是这家伙先打过来的好吧。"

"人家只是个孩子。"

冈田君不断挣扎，试图逃跑，但男人比外表看上去还要强壮，被压制住的手臂根本无法动弹。仔细一看，他的手臂十分粗壮，就算冈田君每天早起跑步锻炼身体，也敌不过大人的力量啊。

"好，那弓子走到学校前庭去，把衣服给脱了吧。"男人说。

他到底在说什么,是我听错了吗?

"快点儿,你要是不听话,我可就扎下去了。反正我已经自暴自弃了,怎么也要拉这小子做垫背的。"男人大喊大叫,表情极其可怕。

冈田君与男人相反,显得十分冷静,他一边抬头看着男人,一边扭动身子。对抵在脖子上的小刀皱起了眉头。

"听到没?给我到校园里去。"男人说。

弓子老师肯定吓得不轻,而且十分慌乱,但她还是小声对我说:"快到办公室去,请老师报警。"原来如此。如果我一个人的话,说不定能够离开这里!我不由得想,老师真是头脑清楚,值得信赖。但男人的直觉很敏锐,他马上对着我大吼:"你也给我过来。"我暗地里骂了一句脏话,看向天空。如果是爸爸,这个时候会怎么做呢?

校园里一反常态,没什么人走动。高年级的学生恰好在进行课外活动吗?平时总有很多人在这里踢球,但现在只有零星几个跑步的。

我们从教学楼后面走出来,移动到了校园一角。

"你只要走到中间去,脱得精光,我就放过你。"男人依旧架着冈田君,用下巴指了指校园中央,"要是敢说个不字,刀子就下去了。"

居然让人家脱衣服,真是小孩子气,我心想。弓子老师抖个不停,不知道她是在生气,还是在害怕。

冈田君一刻不停地继续挣扎着。

"你给我老实待着。"男人动了动刀尖,好像真的碰到了冈田君的脖子。因为冈田君发出了小小的悲鸣。

弓子老师大叫:"快住手。"

该怎么办?

我感到了前所未有的焦急,几乎要急晕过去了。我到底该怎么办?

这也是个"问题",我猛地想到。是"问题儿童"和"答案儿童"。面对这个状况到底该怎么办?我必须找到答案。

身边的东西——我脑海中浮现出这几个字。爸爸不是在电话里说过吗,要利用身边的东西来当武器。我环视四周。此时我面对校园,站在一棵树旁边,后面是铁丝网。

我不可能把树拔起来当武器。但我稍微抬起头,看到树枝间露出一个绿色的东西——那里卡着一个球。

躲避球夹在树枝中间。

这不就是被认为是冈田君弄丢的那个躲避球嘛。这个高度,我只要伸手就能够到。因为被枝叶遮挡,乍一看根本看不出来。这只球可能是碰巧被打上去,卡在那里的吧。

我打算把球拿下来,朝男人身上扔。只能那样了。可是冈田君还被架着,球也可能打到他,又或者不小心碰到刀刃,那就更危险了。要是能正好打中后面那个男人的脸就好了,但我没把握自己能扔得那么准。

正当我烦恼的时候,男人突然对我说:"喂,你可别给我搞小动作。"吓得我又不敢动弹了。

我跟冈田君对上了目光。他的眼神仿佛在说："我没事的。"
我迷惑不已。

他又说："把这男的干掉。"

"可我不敢啊。"我用眼神回应。

"刚才我的确被这把小刀吓到了，但现在没事了。我不怕了。"冈田君眼神中透着毅然。

"你敢逞强，我就杀了你。"男人吼道。

弓子老师已经哭了出来，并大声叫着："快住手。"

"喂，弓子，快把衣服脱了。快点儿，先从那件丑得要死的外套开始。老师，加油啊。"

弓子老师似乎已经陷入混乱，只见她一边哭，一边把手伸向运动服的拉链。这把我吓了一跳。事情到底会变成怎样呢？！

"你看，这都是为了学生啊，你得加油哟。"

大人们越是混乱不堪，冈田君就愈发冷静、稳重。当我觉得他似乎已经变回平时那个闷闷的冈田君时，却听见他小声说："要是你敢捅我，我绝对会拉你当垫背的。"我不由得毛骨悚然。

就在此时，那个男人又叫了起来。"呃，那是什么？"他发出声音的同时，还踉跄了几步，之后以手掩面，身体倾斜。

"好刺眼。"他呻吟道。

冈田君的动作好快。那个男人的手刚放开他，他就跳了开去，翻转身体，挥动手臂，由下往上挥出了一记右拳，击中男人的下颚。臂力，再加上跳跃的力量，使得他这一击有如火箭炮般凶猛。

男人应声向后倒去。

我哑然，既没有得救了的想法，也没有终于把他干掉了的感叹，只能呆呆地看着这一切。

可是，冈田君不一样。他又一跃，骑到倒地的那个男人身上，不断挥动拳头，疯狂地殴打着他。

"冈田君。"弓子老师叫了他一声，但他并不停手，就像疯了一样，对着男人猛打。

我也叫着"冈田君，冈田君"，但他似乎完全听不到。

过了一会儿，我们听到警车的声音。警笛声越来越大，尽管如此，冈田君还是没有放开那个男人。

我伸手把树枝上的躲避球打了下来，又马上捡起，狠狠地砸了下去。球击中冈田君的后脑勺，终于让他停止了暴力。

过了一两天，事情终于真相大白了。

不消说，弓子老师根本没有错。

只是一个相识的男子单方面喜欢上了弓子老师，并主动纠缠上来而已。恶作剧电话等行为愈演愈烈，最后甚至演变为在学校的墙上涂鸦，甚至闯入校园，还把冈田君给抓住了。

不过，男人并没去过学校对面的那个超市的屋顶。

用望远镜偷窥的是另外一个男人。

负责看守广告气球的人后来把照片冲洗出来，那上面的确拍到了用望远镜的男人。

那是我的父亲。

当时，父母并没有把他们离婚的消息告诉我。

他们烦恼了很久，不知该选择怎样的时机、以怎样的方式告诉我这个事实，最后决定，先以父亲到国外出差为借口，观察一段日子。

父亲原本就经常出差，但那段时间他根本没去国外，而是住在公司的员工宿舍里。据说，母亲命令父亲"不准到家附近来"，别说是我，就连电话也只能每周打一次。离婚的原因是父亲经常不在家，且跟客户那边的女职员发生了外遇，恐怕对母亲来说，就算父亲付出再多令他痛苦不堪的条件，也无法弥补她所受到的伤害吧。

可是，父亲却对自己的儿子，也就是我，十分关注。

在我也有了孩子之后，总算明白了这种感受。我总是很在意孩子在学校的生活是否顺利，是否"好好度过了每一天"。每当我开车经过学校附近时，总会看着校园，一边想着"我家孩子在不在里面呢"，一边四处张望。

当时的父亲也是如此。

失去了抚养权，又离了婚，使他无法直接与我见面。虽然他们曾经谈过"以后会设一个定期的见面日"，但一开始让我"适应没有父亲的生活"才是首要目的。所以父亲只能以到国外出差为借口，避免与我见面。

所以，父亲就跑到屋顶上去偷窥了。

他发现只要爬到学校对面那家超市的楼顶，就能用望远镜看清校园和教室里的样子，于是每次经过那附近，他都会停车上楼，从远处看着我。

当时他恰好被调动到经常需要外出的工作岗位,这也正合他的心意。加上那个时代的安保意识还很薄弱,换做现在,要是有某个无关人员跑到屋顶上,拿着望远镜张望,肯定会被怀疑成捣乱分子的。那时候,像纠缠弓子老师的那种男人还没被冠以"跟踪狂"这样的称呼,人们能轻易地跑到别人家的楼顶上。安保意识就是如此薄弱。

不用说,父亲当然没有接到什么机密任务。

那么,他为什么要撒谎呢?

原来,那天放学路上,一个陌生女人对我说的那句"我知道你父亲的事情"是事情的起因。其实也没什么特别的,那女的就是我父亲的外遇对象。也不知是偶然还是故意,她找到了我,做出了会刺激我父亲的举动。

父亲从我这里听说了那件事后,肯定乱了阵脚,才会突然说出那样的谎话。现在想来,他那个"我是间谍"的说法,的确有种"狗屁"的感觉,现在的我恐怕会苦笑着想:"有人说,不也有人信嘛。"不过,父亲也算努力过了。

他设法说服我,说"那女的是知道我间谍身份的神秘女性",恐怕还为此拜托了几个朋友,让他们故意与我接触,并说些神神秘秘的话吧。

那是跟阿里巴巴一样的策略。为了不暴露某个特定的房子,就在所有人家的门口画上同样的记号;为了遮盖某个特殊女性的发言,便让其他人都对我说些奇怪的话。

"可是，好不容易撒了个弥天大谎，你父亲的外遇最后还是露馅了。"听我说话的那个人开口道。

这人体形肥胖，身材高大，但五官很幼稚，让人看不出年龄。他披着一件大号夹克，没有扣扣子。手上拿着一台数码相机。

想必工作室里的工作人员和宣传部的人都觉得这男人看上去很可疑吧。

为了进行新电影的宣传，我今天已经接受了将近十次采访。这个男人也是杂志派过来的记者，但因为举止不够成熟，让人忍不住心生疑惑。关于电影的问题只是一带而过，而且都是对着稿子照读。提问结束后，他突然问我："你小学有个叫冈田的同学吗？"连这句话都像是照着稿子念的。

一开始我还想不起来那究竟是谁，但很快，小学时的记忆就被翻了出来。

对我来说，那是前所未有、之后也不曾有过的体验。那些记忆一旦从脑海深处翻腾出来，马上就鲜明地重现在我眼前。

今天一大早，我就反反复复地谈论着自己导演的电影，早就感到疲惫和厌烦了。因此，我一时竟忘记了周围的人群，只顾着讲述自己小学四年级时发生的那件事，直到现在。

"恐怕对父亲来说，那场外遇只是玩玩而已吧。据说他得知那女人跟我搭话后，就马上怕得跟她分手了。不过母亲直觉敏锐，早就开始调查他了。因为证据确凿，就算父亲坚称'已经跟她分手了'，还是没能改变母亲的决定。"

"嗯，可是，当时你父亲是怎么发现弓子老师被人盯上了的？他不是在电话里预言了老师的危险吗？"男人似乎不习惯用敬语来问问题，听起来有点磕磕巴巴的。虽然觉得他可疑，但我并不反感。可能因为他看起来有些怯生生的吧。

"那是因为，父亲亲眼看到了那人在校门口的墙壁上涂鸦。'弓子 绝不原谅'之类的话，还有别的下流言辞。"

"呃，那是什么时候呢？"男人并不看我，而是专心地做笔记。他的态度看起来就像个追踪罪案新闻的害羞记者，他这样真的能完成任务吗？"根据刚才那些话，我知道涂鸦是一大早就被画上去的，后来又被那个冈田先生涂掉了。"

"父亲用望远镜看到了他遮盖涂鸦的过程。"

"那么早就去了？"

"因为我之前跟父亲说过，那天学校组织登山。"

"啊啊，是有这么回事儿。"男人颔首道，"的确是呢。"

"没错。父亲应该是想看我背着登山包到学校集合的样子吧，所以才会一大早就跑到屋顶上举着望远镜。不过他并不知道我们登山的日子被推后了，所以应该吃了一惊才对。校园里居然空无一人，还有个学生用油漆涂墙壁。"

在我们与那个男人对决时，是父亲救了我们。

就在冈田君被从后面架住，无法动弹的时候，父亲正好用望远镜看到了。他看到校园里发生的惊险状况，顿时慌了神。

他拼命转动脑袋，想找出解决办法，首先，他对看气球的男人说："快去报警。"

那男人抱怨道："你说报警说得这么简单，以为电话是随便带在身上走的吗？"随后走到楼下的超市去了。父亲捡起男人落下的小镜子，执行了反射太阳光的战略。

他当时肯定没想过这个战略的效果如何，会不会像暑假做实验那样顺利。他只想在警察来之前先做些什么，就想到了用镜子反射太阳光。

我是过了很久才从父亲那儿听到这部分事实的。

男人转过脸去，到底是因为镜子的反射，还是单纯地不小心直视了太阳光呢？这我可就不知道了。

总之，那男人因为目眩而站立不稳，让冈田君抓住了反击的机会。

父亲本想冲进校园，但那时警车已经来了。

事情发生的第二天，当我从气球男出示的照片上看到了应该在国外出差的父亲时，顿时陷入混乱之中。莫非我有两个父亲，还是这也是机密任务的一环呢？气球男却简单地总结道："这应该是大人的苦衷吧。"那男人恐怕已经想象到我的双亲已经离婚，所以预言道："恐怕你老爸跟老妈很快就要分开了。"然后又说："不过你老爸可能只是想看看你，就不要去拆穿他了吧。"

或许是因为已经有了心理准备，后来母亲对我说起离婚之事时，我并没有特别慌张。

我因为冈田君当时表现出的暴力，那种无从阻止的突发性暴力而深受打击。那个不知道整天在想些什么的冈田君，到最后我还是不知道他在想些什么。正如班上女孩子们说的那样,冈田君是不稳定的、动摇的,随时有可能往任何方向倾倒,十分危险。

"话说回来,你们后来到底有没有看《小兵》啊?"制作人在旁边说。

对还是一个导演之卵,顶多只能算只小虫的我来说,那位制作人格外亲切。他面对我时毫无居高临下的态度,让我十分珍惜。他并没有对我说"你就少说点陈年旧事,专心宣传好不好"?

"啊,看了。"我想起来了,"第二天,我们在冈田君家里看的。"

"小学生看戈达尔[①]是什么感觉?"

"唉,看不懂。"我老实地回答。周围顿时响起一片笑声。"法语片,又是黑白的,看得我想睡觉。不过,我觉得里面那个小姐姐真漂亮。那搞不好是我看的头一部不明白情节的电影吧。"

电影过半,总算出现了冈田君所期待的拷问画面。

总算出来了,我和冈田君吞了口唾沫,专注地盯着画面。主人公被戴上手铐,双手遭到火焰炙烤,还被人按到装满水的脸盆里。但他几乎一直面无表情,连拷问那一方的态度也十分淡然,让人丝毫没有疼痛的感觉。看完之后,冈田君喃喃道:"拷问也没什么了不起的嘛。"想必他说的是真心话吧。

肯定是那个出租碟片的店员觉得,这是最适合让小学生看的拷问吧,又或者,他根本就是在逗冈田君玩。

——"我想起了假期。"

[①]让·吕克·戈达尔,法国和瑞士籍导演,一九六〇年出品作品《小兵》。

电影中，正在接受拷问的主人公有这样一句独白。冈田君很喜欢这句话，还模仿了很多次。

"每次遇到讨厌的事情，我就会想起假期。"

"假期，是暑假之类的吗？"

"也叫度假吧。"

冈田君究竟会在什么时候想起假期或度假，以此来逃避现实，这我无从知晓。只是，在那以后的生活中，每逢碰到讨厌的事情，我都会想象假期，来应付那种厌倦的心情。

"过了一两个月，冈田君就转学了。"

虽然发生了那样的事情，但冈田君毕竟是受害者，又是制伏了犯人的人，因此他不但没有遭到一生起气来就很可怕的校长批评，反而受到了表彰。不过，冈田君的母亲似乎觉得孩子被卷进那样的事件中"很不成体统"，甚至觉得无法再在那个小镇住下去，于是决定搬家。弓子老师去劝说冈田君的母亲，让她不要离开，但想必没有成功。

我从冈田君那里听说了搬家的事情。一天放学后，当我在教室里收拾东西准备回家时，他突然走过来，对我说了。

"你要搬去哪里？"

"不知道。"

"等你知道了，一定要告诉我哦。"

"我尽量。"

我跟冈田君是不是成了好朋友呢？与他并肩而行时我想着这个问题。我们在教学楼门口换好鞋，走出校园。走了一会儿，冈田君突然停下来，若有所思地抬头看向超市屋顶。我也抬头看了过去。

"昨天妈妈告诉我，她跟爸爸要离婚了。"我说。事实上，当时他们已经离了婚，但那时候我得到的说法却是"爸爸妈妈马上要离婚了"。

冈田君并未回应，只是用手挡在额头上，说："阳光太刺眼了，都看不清。"

原来他是想帮我看看屋顶上有没有人。

我也做了同样的动作，眯起眼睛。我想知道父亲是否也拿着望远镜在往这边看，要是他真的在就好了。想到有这么一个守护着自己的人，我既有些厌烦，又有些安心。

"你在干什么呢？"被冈田君这么一说，我才发现自己的动作像在敬礼。要是父亲真的在远处看我，我很想挥挥手，跳起来向他示意，但那只是普通的反应。我觉得为了让父亲知道我认出了他，很有必要做一个只有我跟父亲才知道的动作，所以才会想到以前经常做的士兵敬礼姿势。

冈田君并没有细问原因，而是与我并肩而立，摆出了同样的姿势。

我心想，爸爸，我会加油的。而他一定会说，祝你成功吧。

那个胖子记者不停地抠着什么东西。我正奇怪他在干什么，定睛一看，原来是在剥新电池的塑料包装膜。因为他笨手笨脚的，花了很多时间。他可能是想给录音机更换电池吧。他一边摆弄一边小声说："总也剥不开，会不会搞到明天啊，真是急死人了。"

然后他又问:"冈田先生转学后,你们就再没见过面吗?"

"你为什么要问这个呢?"我的话音未落,他的脸已抽动起来,整个人变得神色慌张,还不断地说些我的熟人也是冈田先生的熟人,现在找不到冈田先生了之类的借口。

"果然没再见过面吧?"

我老实地摇摇头。我不知道冈田君转学之后怎么样了。

后来的四年级生活,我总会感到不安。

我对那种感觉记忆犹新。

我跟冈田君其实不算太熟,但他的转学却让我意志消沉,甚至感到孤独。双亲离异无疑也产生了一定的影响,对了,不久之后,弓子老师也辞职了。

重要的人们在一个一个离我而去,令我感到恐慌。

眺望着校园,我总会有种身体里重要的零件被风吹走,消失得无影无踪的不安。

父亲不在了,冈田君不在了,弓子老师也不在了。

"就是这样的。"母亲虽然这样说,但我怕的就是那个"这样"。

所以,我总会想起那部电影。

那是主人公失去恋人后,电影中的最后一句台词。

——"我要忘却悲伤,过完剩下的人生。"

没错,我才十岁,必须忘却悲伤。因为我剩下的人生还很长很长。

有时候,我会想想假期的事情。

我再没见过那个气球男，广告气球倒是一直飘着，可能是换了人吧。反正我后来再到屋顶上，却再也没见过那个男人。只是，他对我说的"要面对现实"这句话，深深地镌刻在了我的脑海里。此时所面对的会不会并非现实，其背后会不会有不可知的事情？我选择拍电影这个职业，可能就是因为有这种想法。

记者离开后，宣传部的女同事跟我说："到底会写出怎样的报道呢？"

我却有种预感，那篇报道永远不会出现。

第五章 飞起来也是八分

"喂，高田，让后面那辆车撞上来吧。"沟口先生说。

这是一条狭窄的双车道，后面开过来的是一辆白色车身、马达够劲儿的四门轿车。因为车标太大，看起来就像几个傲慢的大鼻孔。

"不会出事吧。"我坐在副驾上说。心血来潮地当什么"碰瓷客"，这可不是什么好主意。

"喂，高田，你是不相信我的实力吗？"沟口先生看了看后视镜，"你以为我干这行有多久了？"

"但这不是工作啊。"只是因为后面那辆车很拽，就决定让他吃点苦头，仅此而已。

"你听好了，所谓的专家，是工作之外也能信手拈来。专业的厨师即便回到家里，也能做出美味的饭菜，不就是这个道理吗？"

"听说越是专业厨师，越不会在家做饭哦。"

只听"叮"的一声响，是我的手机收到了短信。

"什么短信啊？"沟口先生问。

"是烤肉店的广告短信。最近不知是开张多少周年，玩儿命地给我发短信。"

因为懒得退订，我就没有去管，但一天给我发好几条，让我开始有点厌烦了，甚至觉得这其实是竞争烤肉店的陷害策略吧。

"高田，你小子头脑挺不错，但凡事太讲究了。唉，不过总比太田那种笨蛋要好。"

"那个太田，是在我之前跟沟口先生搭档的人吧？"

"你只要想象一只气球二十四小时吃个不停就对了。"

他好像年龄跟我一样大，不仅胖，且动作迟钝，我经常听到他的传闻。活儿不会干，还一天到晚吃零食。一年前，沟口先生终于忍受不了车里总有食物的味道，把他赶走了。

只是，我不明白沟口先生一开始为什么会答应跟那样的男人搭档。与沟口先生搭档了一年，我发现他总会凭借气氛或劲头，甚至毫无根据的直觉来行事。所以，他跟太田搭档或许只是一时心血来潮罢了。

或许是实在受不了跟太田那样的人搭档了，在我与沟口先生头一次搭档时，他首先确认了两点。一是"跑得动吗"？二是"吃零食吗"？

不过，沟口先生会带我到最近热门的咖啡厅去，兴高采烈地吃蛋糕和馅饼。只要有时间，他就会用智能手机搜索甜食的信息，还会看不知道是什么人写的美食日记。

"我可是个正宗的西式点心控。是不能和那些垃圾一样的零食相比较的。"

沟口先生稍微降低了车速。

果然，他这是要碰瓷了。

他几乎不用脚刹，用手刹停住了车。因为刹车灯几乎没亮，对方自然反应不过来，"砰"地追了我们的尾。这是我们一贯的手法。

自从我跟沟口先生搭档,他已经用这种手段搞定了好几个人。然后他会拉着后面那辆车的司机说:"你小子居然敢撞我,你看你要怎么赔偿吧。"一番威胁之后,他就勒索金钱,有时候还会不断纠缠。

与平时不同的是,之前我们都是接了毒岛先生分配的任务,而这次只是一时兴起。

"啊,这里有点下坡哦。"我看着沟口先生的脸说,但他似乎没听到我说话。他现在已经满脑子都是"急刹"了。

"还是等到平地上再行动比较好吧。"

"下坡也不会更加危险啊。"

"我不是那个意思。"

沟口先生拉起了手刹。

车身开始倾斜。

后方传来轻微的冲击。我的身体向前倾,绷紧了安全带。

沟口先生踩下刹车,让车子完全停下来。

"走吧。"沟口先生走到车外,我也解开安全带,跟了上去。

追尾痕迹并不算大。我们小车的左后角被撞瘪了,后面那辆四门则毫发无伤。

所以我才说不要在下坡干这种事嘛,我暗暗咂了咂舌头。

下坡车速自然会加快,没有哪个司机还会猛踩油门。所以面对前车急刹,他们会有更多的反应时间。

沟口先生总是想到一出是一出,我根本拿他没办法。明明已经五十好几,比我大了两倍有余,做事还是会想当然。

恐怕在沟口先生这么长的人生中,就没积攒下任何金钱或经验吧。我以前曾听毒岛先生说:"高田的人生与沟口正相反。"我也有同感。我在学校努力学习,巧妙地利用了同伴,一直走到了现在。虽然插手过一些违法的事情,但我并不打算成为沟口先生那样的人。

"喂喂,你开车到底在看哪里啊?"沟口先生故作威严,以充满压迫力的姿态走向四门车。

驾驶席的窗户打开,一个男人探出头来。那是张略显稚气的脸,既然开着这么贵的车子,那一定是一个从小衣来伸手饭来张口的小少爷吧。

副驾上没有人,只随意地扔着一个黑色行李包。

"你知道你干了什么好事吗?到底开车的时候你在看哪里啊?!"

"啊,可是你们的刹车灯好像没亮啊。"

"小哥,你在胡说什么呢?"我趁机走到沟口先生身旁,"你想说我们的车保养不良吗?这是冤枉人啊。你知道我们每天多么认真地保养这辆宝贝车吗?你看看、你看看,我们家小车的屁股都被削掉一块了,它可是我们的掌上明珠啊。"

"你、你们的车是女、女性吗?"皮肤白皙的司机双唇颤抖,说了句不着边际的话。

我大声指责,沟口先生百般威胁。随后,我按照往常的顺序,要求男人出示驾照，并用数码相机拍了下来。他的名字与外表不符，看起来挺潇洒的，让我觉得这人真配不上自己的名字。然后，我又逼他说出了电话号码，并马上用自己的手机拨通了这个号码，确定真的打到了那个男人的手机上。

"听好了，之后我会打电话跟你说赔偿金的事情，你可别不接哦。要是敢装傻，我就找到你家里去。"

"每天早上去叫你，跟你一起上班。"

看起来很懦弱的男人一直点头说着"好，好"，然后耷拉着肩膀说："那个，我能走了吗？"并打算关上车窗。

沟口先生突然心血来潮地说："啊，喂，你……把车子的后备厢打开。"

司机"咦"了一声，小声地说了句听不清的话。

沟口先生烦躁地大吼一声，他好像终于妥协了，后备厢"砰"地弹了起来。我走到后面说："沟口先生，你叫他打开后备厢干什么？"

"我想起一件事，之前跟太田干活儿，有一次，用的那辆车里居然放了一大笔钱。"

"所以就要这样吗？"我不觉得这辆车里也会有钱。

"但凡这种小少爷，必定都有秘密。"

沟口先生抬起后备厢盖，里面放了一个包，看起来像是短途旅行的行李。

沟口先生粗鲁地拉开了拉链。

呃，我倒抽了一口凉气。

那里面，装着完全在我意料之外的东西。

虽然不是未知物体，却也让我倍感意外，因为，里面装着手枪。不止一把。里面装着好几把手枪，还有一张折叠起来、类似地图的东西。

"这到底是什么？"我说。

"是枪呗。"

"好吧，可是为什么？"

沟口先生迈着缓慢的步伐走向驾驶席。

"喂，你小子在后备厢里放了什么鬼东西？！"

他可能以为稍加威胁就能得到答案吧。

可是，走到窗边的沟口先生明显吓了一跳，动弹不得。我凝神望去，想知道发生了什么事，原来那小子拿着一把枪，正指着沟口先生。

我跟沟口先生也都带了枪，却放在车上，要说大意，我们的确太大意了。

很快，白色四门车就猛地发动了引擎。后备厢还敞着，他却冲进逆向车道离开了。

太危险了吧！沟口先生身子猛地往后一蹿，失去了平衡，一屁股跌在地上。不仅如此，可能因为用力过度，还翻了一个跟头。

时机太坏了。此时逆向车道刚好开过来一辆小型货车，驾驶员察觉到危险，猛打方向盘，但没有避让成功，正好碾到了沟口先生的大腿上。

"我骨头折了，整个都折断了！救护车，救护车！"我并没有马上理会像孩子一样吵闹的沟口先生,而是先给毒岛先生打了通电话,向他请求指示。要是随便把他送到什么医院去,暴露了我们的工作,那事情可就麻烦了。

接电话的那个被称为"常务"的男人,听完我们的状况,发出轻蔑的笑声,说:"为什么你们没任务也跑去碰瓷,还把骨头给弄折了啊?!"听声音,他似乎更想说"真是偷鸡不成蚀把米啊①"。不过最后他还是说:"以防万一,你把他送到新若岛医院去吧。"

因为不能招惹警察,我对碾了沟口先生的小货车司机说:"赶紧给我走。"那个中年男子虽然对我们产生了怀疑,但也觉得能就此了事再好不过,便赶紧离开了。

我把左大腿骨骨折的沟口先生送到新若岛医院做了手术,再把他送到三楼的病房。他住进了最西侧的大病房里。

一开始他痛得大喊大叫,不停按铃吵得护士不得安宁,还边哭边骂:"昨天才动的手术,今天就要复健,这是人干的事情吗!人类的身体真能那样乱来吗?别开玩笑了好吗?!"总之麻烦得很。但过了不久,他就展现出让负责帮他复健的看护人员都大吃一惊的恢复速度,现在只要有根拐杖,他就能四处走动了。

原来头脑简单、四肢发达的人竟有那么强悍的恢复能力。

沟口先生的快速恢复虽然可喜,但对我这个每天到医院去看望的人来说,到医院后第一件事就是满世界去找他,无疑徒增了

---

①日语原文是句谚语,直译过来意思是"折骨之损",在这里译者用这句中文中常用的谚语表达文章想表达的冷笑话感觉。

更多烦恼。

"哦哦，高田。"我又没在病房看到他，便去咖啡厅找，他果然在这里，看到我就冲我挥了挥手。

他面前还坐着两个身穿病号服的男人。一个是七十几岁的老头，一个是四十几岁、貌似白领的男人。两个人似乎都接受了外科手术，具体情况我就不太清楚了。他们仨围着一张小桌子，啜饮着纸杯里的饮料。

"小伙子每天都过来探望，看来沟口先生很受敬仰啊。"貌似白领的男人说。

"这个高田，虽然还不能独当一面，但经过我的指导，已经越来越能干了。对吧，高田？"

"嗯，呵呵。"我不情不愿地应了一声，心里在质疑：你什么时候给过我指导了？

"可是啊，在这家伙之前跟我搭档的那个小子，实在是太差劲了。那小子叫太田。"

沟口先生一开口，其余两个病人就面露喜色地凑了过去。看来，沟口先生那些亦真亦假的故事，是他们百无聊赖的住院生活中难得的乐趣。

沟口先生终于把太田过去的失败故事都抖落了出来。

有一次，太田遭遇了不得不背下一串冗长数字的窘境。要记住如此多的数字，简直不可能，而且他手边没有记录工具，连手机都没电了。他在包里玩命翻弄，发现唯一能派上点用场的居然是一根棒状点心，名叫"美味棒"。太田绞尽脑汁，觉得"这玩意儿应该能管点用吧"。一开始他尝试用美味棒在地面上写字，但是失败了。紧接着，他又想用点心屑摆出数字来，但刚放下就被鸽子吃掉了，简直就和《汉泽尔与格莱特》①里的情节一样。最后他走投无路，直接用指甲在点心上刻了数字。

"真是太可笑了。"两个病人喷着唾沫大笑起来。我实在不知道说什么好，只能呆愣在那里。

我很难相信真有像太田那样的男人存在，但更难相信沟口先生竟会跟那种男人搭档干活儿。

换句话说，他真的是"做事完全不经大脑"吧。

每每凭借心血来潮行事，然后吃苦头。

比如几年前，据说他不愿再给毒岛先生做外包，而是自己独立出去了。我当时还不认识毒岛先生，现在想来，除了感叹他真是"不要命也得有个限度啊"，同时也觉得毛骨悚然。

想造毒岛先生的反，多危险啊，这连我都知道。不，应该是所有人都知道。

就像潜进海里，身体会自动感觉这样很危险一样，连三岁小孩都能本能地察觉，背叛毒岛先生是件非常可怕的事情。

只有沟口先生很傻很天真。他完全不思考，不停地往海里潜，直到呼吸开始困难了，才想到"惨了,这回得死了"。不过为时已晚，他很可能真的会溺死。

---

①格林童话，又名《糖果屋》。狠心继母要到森林里丢掉两个孩子，第一次用小石子做路标，孩子跟着回去了，第二次她用面包屑，小鸟吃掉面包屑，孩子迷路了，差点儿被老巫婆抓去炖汤。之后智取老巫婆，得到了很多钱。回家之后继母也死了，于是孩子们和爸爸又幸福地生活在了一起。

结果，当时跟他搭档干活儿的男人，好像叫冈田，就被毒岛先生安排解决了。

"为什么不是沟口先生，而是那个冈田先生被干掉了呢？"我以前曾经问过常务这个问题。

答案很简单。

因为沟口先生把所有错都推到了那个叫冈田的人头上。

"这次的独立闹剧，都是冈田一手策划的。"他以此为借口，转嫁了所有责任，自己逃脱了责罚，冈田却被当成杀鸡儆猴的牺牲品。

只要毒岛先生愿意，让一个人消失根本不是什么难事。

常务说："唉，沟口就像动物一样，从来都只想着自己。他从没认真干过什么事，只会一味地从别人手中夺取。连冈田也成了他的牺牲品。"

"不过沟口先生现在又开始替毒岛先生干活了吧？都不知该说他厚脸皮，没节操，还是做事太随便。"我苦笑道，"难道他真的不会有罪恶感或迟疑吗？"

"他应该也挺内疚的，因为就在不久前，沟口还一直到处打听冈田的下落。"

"打听下落，莫非他还活着吗？"

常务耸耸肩道："怎么可能？！不过我确实看到沟口和太田到处打听，好像觉得冈田还在哪个角落里活着。"

"让你感动得落泪了？"

"不，让我发笑了。"常务露齿一笑，"最后还跑去找冈田小时候的同学打听他以前的故事，还伪装成记者采访那个导演呢。"

"采访？这是怎么回事儿，那种事情真有可能吗？"

"听说他不知从哪儿搞到了一笔钱，说是盘检的时候捡到的，也不知是不是真话。反正他用那笔钱贿赂了某个记者或写手，跟他互换了身份。"

"哦。"这岂不是已经失去了人生的目标，没有前进方向了吗？"听起来有些可怜呢。"

"是啊，惹毒岛先生生气，还能保得一条小命，沟口也算是幸运的了。"

据说毒岛先生对自己看上眼的人格外照顾，对惹自己生气的人则特别残忍。这样想来，沟口先生现在还能活蹦乱跳，甚至又回到毒岛先生手下干活儿，的确算是个奇迹。

"高田，你知道赤坂的蜜月房事件吗？"常务说。

"那是什么，克雷格·赖斯的小说吗？"

"啊哈？你说什么呢！我跟你说，大约十年前，毒岛在赤坂的一家酒店里定了个蜜月套房，还叫了好几个女人，唉，开了个算不上高雅的派对。"

"的确像他的性格呢。"

"就在那个时候，五个持枪的男人跳了进来。他们都接到了除掉毒岛先生的命令，连酒店的人都跟他们是一伙的。"

"这我还是头一次听说。后来怎么样了？"

"男人们激动得不行，一个个都举着枪，把毒岛先生团团围住。"

"当时毒岛先生的部下都不在吗？"

"因为是裸体派对，里面只有毒岛先生一个男人。女人全脱光了，毒岛先生也是。你说那是不是全世界通用的、'毫无防备'的范本啊？"

女人们发出惨叫，全都躲到了套房的角落。毒岛先生被五个男人用枪指着，围在中间，却面不改色，冷静如初。他死死地盯着面前的男人的双眼，说："你们到底是为了什么来干这件事的？"

男人们强压兴奋，死死握住手枪，却无法回答毒岛先生的问题。

"我没见过你们几个，你们应该也跟我没仇没冤，只是接到了命令而已吧。"毒岛先生用淡然的语气，像开导部下一样说，"既然接到了命令，就要好好干，千万别搞砸了。"

等五个男人都把手指扣在扳机上，毒岛先生又说："要选好时机哦。"

怎么回事儿？五个人面面相觑。毒岛先生则理所当然地说："第一个打中我的人，将会是下场最难看的那个。我是说，如果有人因为我的死而生气的话。所以我劝你们还是一起开枪，别让他们查出谁是主犯。好好干，别搞砸了。"

在男人们咬紧牙关，几乎就要耐不住紧张的压力时，毒岛先生却叹息一声，放松了身体。只见他温柔地看向房间深处，伸出手说："哦，你也来了啊。"

看到一个裸体男人如此平静地说话，五个人全都放松了警惕。

他们本能地以为真有人来了，没多想就同时看向房间的出入口。

毒岛先生动作很快，立马蹲下来，把手伸向了脚跟。

"毒岛先生的脚跟上总是贴着类似剃刀刀片一类的东西。"常务的语气兴奋起来，就像讲到了动作片的高潮处，"然后，他保持蹲着的姿势，手持刀片，把五个人的手腕都割开了。一瞬间！嗯……可能有两三瞬吧，总之，男人们当场血流不止。"

毒岛先生还有很多类似这样的故事，我真不敢相信，沟口先生居然敢反抗那样的人。

此时沟口先生与病友在医院咖啡厅里讨论的话题已经不再是太田的失败轶事了，不知为何，变成了美味蛋糕店的信息。

三个老男人兴高采烈地谈论甜点，对我来说实在是太恶心了。

至于沟口先生，他甚至把手机掏了出来，开始向别人介绍自己经常浏览的"美食日记"。

"你看你看，这个博客很不错哦，而且更新很频繁。"

于是，他们凑到一起盯着手机屏幕，然后对蛋糕的材料和大小品头论足。

"我借着沙希的建议去过好几家呢，从来没有失望过哦。"沟口先生骄傲地说。

沙希是谁？应该是女博主的名讳。

肯定是个爱吃蛋糕的肥胖中年妇女吧。我实在太想说这句话了，在此期间，三个人依旧对着那个甜食党的博客聊得起劲。说着"要不要写条评论呢，沙希是每条评论必回的哦，每次收到她的回复我都很兴奋呢"之类的话。

"沟口先生。"我叫了他一声，但他忙着聊天根本没空理我，我只能加大音量继续叫他。

"干吗啊，吵死了。"沟口先生皱着眉头瞪了我一眼，说他现在很忙。

"啊，这篇日志里拍到的太阳花也很漂亮呢。"老头盯着手机屏幕说。想必是美食博客上贴了张花的照片吧。"橙色太阳花的花语是'冒险之心'哦。"

"真不愧是老师，对花语都这么熟悉。"沟口先生夸张地感慨道。我不知道那人为何会被称作"老师"，反正沟口先生管那老头叫"老师"，恐怕老头以前是老师或教授吧。

"看来沙希小姐很有冒险心哦。"白领男陶醉地说。

"然后，这边这些黄色的太阳花，它们的花语是'容易亲近'哦。"

"沙希小姐会不会也是个容易亲近的女性呢？"白领男和沟口先生马上积极附和道。

"啊，对了。"我又插嘴道，"花语跟占卜或者人格剖析是不一样的哦。"

就算博客照片里有花语为"容易亲近"的花，也不一定代表拍照的人容易亲近吧。

"啊，你说的什么'人格剖析'是什么意思啊？"白领男转过头看着我。

沟口先生不耐烦地摆着手，说："这个高田，虽然是个坏蛋，脑筋却好得很。他还会看书哦。"

"沟口先生不也看书吗。"

"我啊，可是把《骷髅十三》全都看完了哦。"

"可真厉害。"那个白领男感慨道，我却觉得无可奈何。

我跟沟口先生不同，至今为止的大部分人生都是以优等生的身份度过的。书也是。从娱乐性小说到商业书籍，能读的都读过了。我自认是个从小就尽量尊重富有理论性、看起来合理的想法的人。是因为觉得老实工作的大人实在太愚蠢，才会到毒岛先生手下做事的。

"唉，看着这些蛋糕店的照片，让我忍不住想起了我的儿子和儿媳啊。"老头子满怀感慨地说。

"啊，老师的孩子是开蛋糕店的吗？怎么不早说呢，在哪里？"沟口先生探出身子说。

"唉，已经不开了。"熟知花语的老师将目光投向了远处。

"那个，沟口先生，不好意思打扰一下。"我终于等得不耐烦，加重了语气，"刚才有人给我打电话，我出去回一下。"

"是谁啊？"

"就是有人打了。"

我本以为，"有人打电话"是我与沟口先生之间对"毒岛先生打电话来了"的暗语，没想到沟口先生说："高田，你要打电话就在这里打嘛，这里可以打电话的[1]。"

---

[1] 由于医院里有很多精密仪器，大部分地方是不能使用手机的，所以很多美剧里面医生用的都是BP机。

莫非他真觉得，在这种耳目众多的地方给毒岛先生打电话一点问题都没有吗？

"我不想让人听到，所以要出去打。"我点了点头，离开了咖啡厅。

咖啡厅旁边是护士站，护士站前面是一条分别通往左右两边的通道，与我所在的地方组成一个Y字形结构。虽然我不太熟悉这里，但想必走到其中一条路的尽头，就能找到方便打电话的地方。于是我怀着期待，向右侧那条通道的尽头走去。

途中，我遇到一个矮个子护士，为了不引起她的怀疑，我故作镇定地与她擦肩而过。因为我跟沟口先生干的都不是正经营生，长相也是很容易让人看一眼就引起不必要戒备的那种，所以不必要的时候，还是低调一点比较少惹麻烦。怎知那位女护士却对我说："啊，你是来陪那个沟口先生的人吧？"

"陪他？嗯，算是吧。"我觉得自己突然成了来看护沟口先生的儿子，心中油然升起一股烦躁，"不好意思，打扰你了。"

"你为什么要道歉呢？"护士笑了。

"嗯，因为他一定给你们添了很多麻烦。"

"那倒也是。"她忍不住嗤笑出声。她虽然比我矮上一大截，但不知是因为挺拔的身子还是稳重的下盘，让我觉得她像一个可靠的老师。"他声音大，性子坏。不过沟口先生也算不上什么麻烦哦。因为他总是乐呵呵的，还会告诉我哪里有好吃的蛋糕呢。"

"还不是从沙希小姐的美食日记上照搬的。"

"而且啊，沟口先生还很温柔呢。"

"温柔？不，他一点儿都不温柔。"

"可上次，我们这有个年轻的小护士把沟口先生的数码相机摔坏了，就这么轻轻一拍，啪嗒。"

那估计是沟口先生对哪个护士发情，想偷拍人家吧。而那个护士烦不胜烦，轻轻一挥手，刚好碰到了相机。事实肯定是这样的。

"既然摔坏了，当然要赔偿，可是沟口先生却说：'不用了、不用了。'还原谅了那个小护士。他还说啊，这破相机本来就有点毛病了。"

"哦哦。"我皱起眉头。

那根本不是什么温柔。

而是向那护士卖个人情，再找个机会加以利用。

我和沟口先生这样的人，究竟教会了世人什么呢？

没什么东西比免费更贵的了——就是这个，我们一直在用自己的行动向世人传授这个道理。

我们会利用对方的罪恶感和感恩之情，逼迫他们做许多麻烦的事情。

或许有一天，那位护士就会觉得，早知道还不如赔了那个相机钱。在被沟口先生尽情利用之后，她一定会后悔得想哭，说："要是当时赔了相机钱，就不会如此麻烦了。"

当然，我不会把这种事情说出来。这个世界本来就是由尔虞我诈和无视规则的竞争组成的。只要是个成年人，就应该注意自己的言行，防止被人下套。

护士走开之后,我径直走到了通道的尽头。这里是楼梯间,我走到转角处,拿出了电话,将来电显示的那串号码回拨过去。

接电话的是毒岛先生的常务。"你回电话太慢了。"他用冷冰冰的语气对我说。

"对不起。"尽管是在打电话,我还是忍不住低下了头,"刚才在沟口先生的病房里,不方便马上接电话。"

"话说,你在沟口手下干了多久了?"

"满一年了。"我很想说,其实我不算他的手下。

"你没被沟口影响,忘了自己原来的立场吧?"

"那是肯定的。应该说,我至今为止都没被沟口先生影响过。"

"我跟你说,人啊,总是轻易就会受到坏影响。"

我之所以会跟沟口先生搭档,无非是毒岛先生命令的。

一年前,沟口先生在找人替代太田。

于是毒岛先生就命令我:"你去跟沟口搭档。"

当然,这一切都是在沟口先生不知情的情况下完成的。

一开始我还以为毒岛先生是担心沟口先生再次叛变,派我去当间谍,让我暗中调查的。但毒岛先生却说:"只要好好利用,沟口这人还是挺有能耐的。不过他要是跟奇怪的人在一起,就完全没用了。这次我派你过去,是让你保证他能好好干活儿。"

换句话说,是为了让外包工厂维持运作,特意派遣一个人去当卧底,暗中控制无能的厂长,是这个意思吧?既然如此,为何不让我来当厂长呢?虽然我会这么想,但沟口先生肯定不乐意。

"那啥……"电话另一头的常务压低声音说。

"怎么了？"

"前天，毒岛先生被人盯上了。"

"啊？"

"毒岛先生不是有座公寓嘛……"

"嗯。"我嘴上应着，其实并不知道毒岛先生的公寓。是他自己家，还是租出去的公寓呢，或是情妇的住所。我不禁开始回忆自己前天干了什么事。是什么时候的事？

"有人冲着毒岛先生的公寓开了一枪。响声很大，但我们把周围的居民都摆平了，所以没惹来警察。这种事情换作平时，可能只是唬小孩子的威胁手段，只是，不久前我们又收到了一封很可疑的威胁信。"

"威胁信？"

"没错。上面说他跟毒岛先生有仇，还附了一张公寓的平面图呢。"

"毒岛先生他没事吧？"

"他根本不在那里。"

"那他当时在哪儿？"

"在你那里啊。"

"啊？"他那语气，就像一个女人突然跑到我这里来，要跟我同居了一样。我不禁迷惑不已。

"前段时间开始，毒岛先生就住进了你现在所在的那家医院里。"

我慌忙环视周围。一想到通道另一头的某间病房里就躺着毒岛先生，就忍不住焦虑起来。我没说什么不能让毒岛先生听到的话吧，我突然开始回忆自己的言行。

像是看穿了我的动摇一般，电话那头适时地传来"在楼上，楼上"的声音。"人家住的可是最顶层的豪华单间，就像 VIP 房一样。我现在就在上面给你打电话呢。"

"毒岛先生他身体不舒服吗？"

"以这个年纪来说算健康的，只是把健康检查时发现的息肉全都割掉了。用内视镜把胃啊肠啊的都照了个遍，每个都是良性的，属于发现得早。本来马上就能出院了，但我们跟院长打了个招呼，想留下来长期住院，权当休假了。"

"休假，这里又没好吃的，还不如赶紧出院比较好吧？"

"一日三餐都是特别关照的。房间里还有个很小的升降机，像电梯一样的玩意儿。饭菜都通过那个直接从厨房送上来，就像 SF 小说里出现的房间一样呢。"

"我不太懂什么叫 SF 小说里的房间……"

他们到底把医院当什么了，我不禁想。我想起上小学时，父亲被检查出癌症，但因为医院里的病房不足，迟迟不能手术，最后就这样被拖死了。虽然医生说父亲的癌症发现时就没有救了，但我还是无法接受。当时是不是也有人像毒岛先生那样，长期占据病房，搞什么在医院休假呢？仔细想来，当时我就是看不惯医生的精英脾性，最后才走上了违法犯罪的道路啊。

另外，我也明白了沟口先生为何会被送到这家医院来。换句话说，这里的院长跟毒岛先生很熟，比起其他医院，这里应该更能通融一些吧。

"反正，因为这个理由，公寓遭到枪击时，毒岛先生根本不在里面，因此十分安全。"

"开枪的人不知道毒岛先生住院了吗？"

"其实有人目击到了枪手开的车。"

"嗯。"

"那是一辆白色的……"常务报出一个可以称作豪车的型号。

"啊。"我马上明白过来了。因为我对那个车型记忆犹新。

"对吧，好像跟导致沟口骨折那次，被你们碰瓷的车一样吧？我也是才想起来的。"

"啊，那辆车，司机确实拿着枪呢。"我难以掩饰心中的兴奋，"连后备厢里也有枪。"

"我听你说起那件事的时候，还以为是什么无聊的玩笑呢。现在想来，搞不好那是真的。"

"那就是真的啊。"我高声说，"也就是说，当时那个男的，就是袭击毒岛先生的男人吗？"

"我不觉得在日本随处都能看到拿枪的男人。更加不可能有两个男人都拿着枪还都开着一样的车。"

"只要那不是针对杀手开放免税优惠政策的车型。"

常务沉默了一会儿。

"你是认真的吗？"

"开玩笑的。"

"你还真是……"

"是受了沟口先生的坏影响。"我在对方把一切说开之前就先断言道。

"然后呢，高田，现在就轮到你们出场了。"常务的声音变得严肃起来。

"有何吩咐？"我挺直身子说。

"那个司机的脸，你跟沟口都见过，对不对？也就是说，你们两个是很重要的证人。"

"不得了了，沟口先生。"

我走到大病房，发现沟口先生已经回到病床上了。

"高田，怎么了？我这边也得到了个不得了的消息。"已经把拐杖放到旁边、坐在床上的沟口先生一边说，一边缓缓地躺了下去。

"你那边是关于那家伙的消息吗？"

"那家伙？"

"没啥，刚才我接到毒岛先生的电话了。"我拉起隔间的窗帘，坐到床边的圆椅上，刻意压低了声音，把刚从电话里听来的消息说了出来。

"啊哈，嗯。"沟口先生虽然毫无兴趣地听着，但当我讲到毒岛先生公寓被袭，毒岛先生也住在这家医院时，他的脸还是抽搐了几下。而当我说到那个疑似凶犯的男人我们碰到过时，他已经完全兴奋起来了。

"那可真不得了啊！"

"那家伙撞上了我们的车,把我的腿整成这样了,原来就是那个混账啊!"

故意让人家撞上来的是沟口先生,把你腿碾成这样的也是别的车啊,不过我并没有说出来。

"叮"的声音响起,原来是我的手机收到了短信。我飞快地看了一眼,又是烤肉店的广告,真是让人烦不胜烦。

"然后,"我说,"现在知道那家伙长什么样的,只有我跟沟口先生两个人。"

"原来如此。"沟口先生抱起双臂,严肃地点点头,"那又怎样?"

"现在就轮到我们出场了。"

"出什么场啊?"

"你看,只要知道了袭击毒岛先生那个男人长什么样,大家就能提高警惕了,而且对付起来也会轻松很多。"

"现在还不知道对方是不是单独行事啊。"

"嗯。不过有情报总好过什么都没有。"

"可是到底要怎么做啊?你还记得当时那个拽得要死的小子长什么样吗?能画出人家的画像来吗?"

"不是,你忘了吗?当时我拍了照的。"我为了保证事后能敲诈钱财,用数码相机把对方的驾照拍了下来。虽然那只是一般化的流程,此时却体现出它的价值。

既然那男人有本事持枪,当然有可能去伪造驾照。不过,照片骗不了人。

要说伪造的驾照里唯一真实的东西,那就是照片了。

"沟口先生,那个数码相机你放哪儿了?"

沟口先生突然露出一副奇怪的表情,看起来就像忘带作业的紧张小学生,甚至还有些怯意。

"数码相机,在那里。"他指了指墙边放着行李的架子。

"啊。"我也想起来了。刚才那个护士不是说过嘛。

我顿时蔫了。"好像坏了吧……"

"是啊。"沟口先生有点生气地说,"是被一个护士摔坏的,这可不关我事哦。现在那玩意儿已经接不了电源,也拍不了照片了。"

我拿起相机,外观看起来并没有什么损伤,但无论怎么按键,相机都无法工作。电池也没什么问题,定睛一看,会发现镜头附近摔歪了。我想取出储存数据的闪存卡,但怎么找都找不到。

"保存数据的卡呢?"

"被弄湿了,我就扔掉了。"

"弄湿了?"

"相机是在洗手间被摔坏的,刚好掉到了水龙头下面。"

"我可没听说这种事。"听那护士的说法,像是掉在了病房的地上。

"她估计不想说吧。"沟口先生气冲冲地说,"都是那个护士的错。"

当着护士的面说"这破相机本来就有点毛病",还轻易地原谅了人家,一旦情况不妙,又把责任全都推到人家身上——这人果然太不靠谱了。沟口先生就是这样的男人。

"那怎么办？我刚给常务打电话，还告诉他有照片呢。"

"那就老实跟他说，其实没有呗。"

"他会生气的。"

"那你就说，虽然没有照片，但我们脑子里都记得那人的样子，不会有问题的。"沟口先生粗暴地说，"不然还能怎样？"

"现在就是没办法了呀。"

"听好了，现在掌握那人信息的就只有你跟我两个人。也就是说，我们现在受到了一定的重视。至少不会有危险。"

"啊，的确如此。"

"想在这个行当里生存，这种事情是很重要的。"

"唉……"我的身子无力地松懈下来。不过确如他所说，只要我们掌握着情报，状况就不会坏到哪里去。

"啊，话说回来，沟口先生说的那件不得了的事，到底是什么啊？"我想起了刚才他说的话。

"哦哦，那件事啊。没什么，就是刚才老师教了我一句话。你知道什么叫'不得了 happen 吗'？"

"不知道，那是啥啊？发奋①吗？"

"搞什么，原来这个也变成死语②了吗？简单来讲，就是有人说'不得了了'的时候，你就回答'不得了 happen'。"

"那啥，happen 那部分究竟是什么意思？"

---

① 日式英语的 happen 发音与日语发奋是一样的。
② 曾经广泛使用，随着时间流逝渐渐不再有人用的词语。

"你也不知道吧?"沟口先生兴致勃勃地坐了起来,但不知是不是扯到了伤口,痛得他龇牙咧嘴,"我也一直想不明白那部分的意思,据说是从'never happen'这个英语词转变过来的。"

"沟口先生,你懂英语啊。"我不小心脱口而出内心的惊讶,但他一点都不在意。

"据说二战结束后,美国军队来到日本,想对我们表达战争'永远不会发生'。结果'never happen'被蹩脚的翻译整成了'不得了happen'。"

"啊哈。"这种事情估计上网搜一搜就能找到,之后有时间再找找看吧,我这样想着,把事情抛到了脑后。

"那又如何呢?"

"你不觉得很好玩吗?'never happen'变成了'不得了happen',而我们对此一无所知,就整出了'飞起来也是八分[①],走着是十分'这样的话。"

"那又是什么啊?"我话音刚落,沟口先生似乎更受打击了,他现在估计深深体会到了自己所熟知的语言却为下一代所遗忘的孤寂感吧。在我看来,老头子们的这种反应倒是让我觉得烦躁不已。

"人家说不得了了,急忙道歉的时候,我们不是会说'走着是十分,飞起来也是八分'吗?"

"没有人这么说。"

[①] "不得了happen"的原文是"とんでもハップン",同样的读音可以理解为"飛んでも八分"。

"这句很流行的,因为押韵。"

什么押不押韵,那根本就是生造的东西好吗。

"不过,也没什么变化呢。"

"什么没什么变化啊,高田?"

"以为飞起来也是八分,走着也是十分,不是只差两分钟嘛,那地方一定很近吧。"

"我说你啊,那种事情管它干啥。"

"因为坐飞机的时候,不是要办理登机手续和检查行李之类的,很花时间嘛。是指这个吗?"

"哪儿来那么深的含义。八分跟十分都是随便说说的。"沟口先生似乎忘了这个话题是自己提出的,已经很不耐烦了,"啊,对了,要是换做你,你会飞吗?"

我皱起眉头。"什么意思啊?"

"走着是十分,飞起来也是八分,中间只差两分钟,你会飞吗?"

"你在说什么呢?"

"要是我就会飞,因为人人都想飞嘛。"

"那是因为你的腿骨折了。"我故意说了句不着边际的话。

"跟那个没关系。"

接着,他又兀自掏出手机,开始浏览介绍烘焙点心蛋糕的页面,还把隔间的帘子拉开了。我真受不了他,但还是问:"你以前就喜欢那些吗?你是甜食党吗?"

"也不能这么说。不过人啊,一旦积攒了过多压力,就会想吃甜食。"

沟口先生也会有压力吗？我很想问他，但还是忍住了。"真的是那样吗？"

"毒岛先生也一样哦。"

"啊？"

"他其实是意外忠实的甜食党哦。你知道吗？给我推荐这个沙希美食日记的，就是毒岛先生。"

毒岛先生和沟口先生之间发生这样的对话，我不知是该会心一笑，还是该感到毛骨悚然。

正当我觉得知道了不该知道的秘密时，病房入口正好闪现出一个人影，把我吓了一跳。

门外站了一个抱着全脸式摩托车头盔的男人。可疑分子！我条件反射地绷紧身体，但沟口先生马上挥了挥拇指说："找老师的话，他在自动售卖机那里。"

看来，这人是到大病房来看望那个老头的。

男人目不转睛地看着语调轻松的沟口先生。不知是否心怀戒备，男人的目光看起来格外锐利。

"你不是来找老师的吗？跟你说了，在咖啡厅那边。"

沟口先生又说了一句，男人点了点头，走到老师位于窗边的床位上，放下全脸式头盔。头盔里还放着疑似摩托车钥匙的物体。

男人离开后，沟口先生说："刚才那个人，每天都会在这个时间过来，你说是不是很守时？"

"那啥，我不也每天都来吗？"我试图争辩，却被无视了，"是不是老师的儿子啊？"

"不，听说不是哦。上回我们聊天时，老师好像说自己的儿子儿媳曾经开过蛋糕店呢。"

"啊，你们刚才提到过。"

"他还说，如今儿子已经过世了。"

听到这出乎意料的话，我表现出些许惊讶，但很快又想，世界就是这个样子的啊。

"是事故之类的原因吗？"

"我也没听他说太详细，不过那家蛋糕店的经营状况好像挺不好的。"

"因为欠了一屁股债，夫妻俩一起自杀了吗？"

"据说他们不知从哪个可疑的融资公司搞来一笔钱。刚才那个带摩托头盔的年轻人每天都会过来照顾他，应该是远亲之类的吧。"

"那个男人也熟悉花语吗？"

第二天，我在前往医院的路上接到了常务的电话。正奇怪是什么事，就听见常务说："我们又收到威胁信了。"紧接着又说："那边这周内好像又有动作了。为了以防万一，我已经加强了戒备，但毕竟这里是医院，凡事不能太过分。"

"嗯，的确是这样。"那干脆出院不就得了，我心想。不过待在医院也有好处，毕竟这样一来，敌人也不能轻举妄动。

"还有，你们也准备好，万一发生什么事就马上赶到毒岛先生身边。你先确认好通往毒岛先生七楼病房的路线,保证届时无论利用楼梯还是电梯都能快速赶到。"

"是,是。我现在就去那里。"我回应着,然后又说,"其实比起照顾沟口先生,我更想去保护毒岛先生。我会服从那个糟老头的命令,都是因为那是毒岛先生的意思。"

医院规定一般工作日的探望时间从下午三点开始。我在一楼登记处写下名字,却被告知拒绝探望。我只得给常务打了个电话,进行了一连串麻烦的对话后,终于拿到了探视胸牌,走进了电梯。反正沟口先生这会儿肯定正与别的病人聊得起劲吧。

到达七楼,走出电梯,可能是受到"VIP专用病房"这个名头的影响,我总觉得地板上铺的油布的色调和触感都好像比楼下的要高级一些。我从电梯间走到走廊,猛地发现角落里站着个西装笔挺的男人,吓得我顿了一下。

那男人又瘦又高,虽然感觉不到杀气,但明显充满了戒备。

男人看到我那不争气地露出了怯意的脸,说:"原来是高田啊。"

我说:"不好意思,我是来看望毒岛先生的。"

男人一直把双手背在背后,让我很是紧张。那是随时准备抽出手枪或类似武器的姿势。不知是否察觉到了我的视线,西装男说:"虽然知道你是谁,但我还是不能大意,对吧?"他歪着头,语调有些戏谑,目光却十分严肃。

"嗯,那是当然。"我边说边举起双手。

男人走过来,轻触我的衣服。"这里应该还没暴露吧?怎么护士站那里一个人都没有?"

"毒岛先生嫌她们烦,都赶走了。这样一来我们也能自由检查一些东西。"男人说着,直起身来,"好,你可以进去了。就在通道尽头。"说完,他拍了拍我的屁股。

在病房入口,我又被搜了一次身。那里站着一个我见过几次但不知道名字的男人,他像机器人一样面无表情,检查着我身上的东西。因为他的脸型有点像豹子,我暗自给他取了个"机器豹子"的外号。机器豹子把我的包放到入口附近的架子上,顺便又把我屁股口袋里的钱包也拿走了。

还真够彻底的。

病房很宽敞。

这里与沟口先生在楼下住的大病房截然不同。放了一整套待客用的沙发后,空间还是很大。连病床都是特大号的,要是再挂上一幅画,简直就是酒店套房了。我一边想着一边往旁边看去,那里果然挂着一幅画,甚至还有个大衣柜。

毒岛先生躺在病床上,穿着病号服,看起来十分放松。他嘴角带笑,但那好像要把我一口吞掉的凌厉眼神却与往常完全不同。

我先打了个招呼,然后老老实实地低下头说:"不知道您也在同一家医院里,所以没能及时问候,十分抱歉。"

"你不知道就不能怪你了。"毒岛先生心情似乎不错,他爽快地说,"应该说,如果被你知道了我在哪里,那才是大问题。"

"对不起。"我又低下了头。

"喂,高田,这就是那个。"窗边突然传来一个声音,我这才发现那里站着一个人，不禁吓了一跳。原来是常务。他个子高大，肩膀宽阔，是个轮廓分明的美男子，传闻以前还给什么杂志当过模特，但对我来说，他只是一个毫无人情味的恐怖上司。

常务递给我一个信封。

我正犹豫着要不要用手去碰，常务却说："别担心指纹之类的问题，警察又不会调查这玩意儿。"说完他又把信封往前推了推。

里面有张纸。用打字机打了一行字——"毒岛不会变老了"。不知对方是不是觉得只有这行字孤零零的，信纸右下角还贴了一小张贴纸。

"这是什么啊？"

"树叶贴纸呗。不知道是故意恶作剧，还是别有深意。"

"绿色的叶子吗？"那片绿色的小叶子看起来像草叶，又有点像青菜叶子的尖端。

"又不是四片叶子的三叶草。"常务笑着说，我却觉得这贴纸有些吓人。

"你怎么想？"常务问。

我还无法判断自己所处的立场是否能随便说出看法，便回答道："不过，看这威胁信和孩子气的贴纸，倒是觉得跟那时撞上我们车屁股的司机很像。"

"什么意思？"

"那男人一开始还战战兢兢地向我们道歉，后来却直接拿枪指着我们，我总觉得他有种孩子气跟暴戾混合在一起的感觉。"

"原来如此。难怪你说威胁信和贴纸配在一起正合适啊。"

"两天后是我生日。"毒岛先生在床上说。

"生日快乐。"我马上回过头,恭敬地说。

毒岛先生却略带苦笑地说:"我不是那个意思,是指那张纸片。上面说我不会变老了,意思是说我会在生日前被袭击。你们说是吗?"

我犹豫着到底要不要表示赞同,最终还是闭上了嘴。当你不知道该说什么时,闭上嘴巴是最明智的选择。

"对了,高田,你把照片弄来了吗?"常务说。

"啊?"

"啊什么啊?"

"其实那个呢……"

"什么其实那个啊?"

"那个,很对不起。"

"什么那个很对不起啊?"

"相机。"

"相机?"

"坏掉了。"我老实地说。

我知道常务体内的怒火开关被打开了。既没有声音,也没有亮灯,但他的表情明显绷紧了,缓慢地向我靠近。

"你整天都在想些什么啊?你知道这件事有多重要吗?!"

我无法反驳。这是当然的,我根本找不到任何借口,只能大声说对不起。

"我还可以把你脑袋切开,从里面抽取记忆哦。"常务不停扯着自己的领子。

我再次道歉。心里在想，沟口先生是不是应该跟我一起被骂呢。

此时，两个声音同时响了起来，一个是我手机发出"叮"的一声。常务正在发火，我自然不敢查看，而且肯定又是烤肉店的广告，看不看没什么关系。

另一个声音是从病房一角传来的。我往那边一看，马上明白了声音的来源。原来是常务曾经提到过的运送食物的小型电梯，电梯到达时，会发出轻快的提示音。

"啊，要我去叫人吗？"我觉得什么都不懂的人不方便准备膳食，便要走出病房去叫护士。

但毒岛先生马上说："啊，不用了不用了。"同时房间里又响起一个低低的、类似引擎运作的声音。仔细一看，原来是毒岛先生的床头抬了起来。

机器豹子不知何时已经走到小型电梯前，把里面的东西放到托盘上，关上门，转身走向毒岛先生。毒岛先生坐在一张简易小桌前，高兴地说："哦，看起来很好吃呢。"

"失礼了。"机器豹子说着，把叉子插进蛋糕里。我正惊讶他怎么敢对毒岛先生的食物做那样的事，但很快发现，原来他是在试毒。他戳起一块蛋糕放到嘴里，然后对毒岛先生说："请用。"

"为什么我的饭要先让部下吃啊。"毒岛先生苦笑道。

"沟口先生总在网上看美食日记。"我没来由地说了这么一句。

"啊，那是我告诉他的。"毒岛先生一边拿起叉子，一边平淡地回答道。

我其实也没怎么怀疑，但还是感慨道："原来是真的啊。"

"有什么问题吗？"

"不，那真不得了。"我反射性地想说飞起来也是八分，"怎么会有呢？"

"我以前想开西式点心连锁店来当副业呢。还进行过融资，准备收购些小点心店。"

"原来如此。"

"唉，可惜发生了很多事，最后还是没成功。"

毒岛先生口中的"发生了很多事"中的"很多"，在我听来充满了暴力和骚动的气息。

"喂，高田。"一直站着不动的常务把脸转向我，说，"总之，你不能把那个家伙的脸给忘了，要是见到长得像他的人，马上联系我。"

"是。"我回答道。糟糕了，我有预感，要是毒岛先生这次真有什么意外，那责任肯定就是我来担了。要是到时候真开始战后审判，我肯定是最适合不过的牺牲品。

我心情郁闷地走回大病房，一无所知的沟口先生正和一位资深护士相谈甚欢，这更让我提不起劲来。我真想劈头盖脸地说他一顿，数码相机被弄坏，这件事可比沟口先生想象中的要严重很多倍哦。

护士发现我走进来，丢下一句"那我以后再来"，便匆匆离开了。那样子像是把我当成了电灯泡。

"哎呀,高田,那个护士好厉害呢。"沟口先生躺着说。

"什么好厉害啊?"

"抱怨。"

"抱怨?""也不是说抱怨不好,我的意思是,她会抱怨,不就是因为过得很惨吗。"

"那是肯定的吧。"我说,"毕竟这份工作属于重体力劳动,又直接关系到患者的健康甚至生命,所以她们一定随时都绷紧了神经。而且在人际关系上也积累了很大的压力。"

"对吧?而且她们工作这么累,工资却不高。"

"是啊。"

"可既然如此,她为什么还要当护士呢,你不觉得奇怪吗?"

"到底是为什么呢?"我用明显不感兴趣的语气说,沟口先生却根本没发觉。

"于是,我就问她了。你们几个小妹妹每次过来都会跟我抱怨,那你们当初为什么要当护士呢?"

"原来是采访啊。"

"算是吧。因为我想起来,以前冈田说,听别人说话的时候,自己能发现很多事情。"

"原来是冈田先生啊。"沟口先生每次提到冈田先生,都会变成一副哭哭啼啼、小孩子一样的表情。也不知是不是因为他为了活命牺牲了冈田先生,因此心里有罪恶感。沟口先生与冈田先生搭档时的工作回忆,似乎都是些开心的事情。

"对啊。冈田总爱去管别人的闲事,我就奇怪,他怎么老爱去搞那些麻烦事,不过看来,跟别人聊天也是很重要的事情呢。"

"于是呢,那个护士怎么了?"

"哦哦,我正要说呢。我跟你说,那些妹妹几乎都说'因为自己小时候住院时得到了护士的温柔照顾'。你不觉得很厉害吗?"

"我不觉得很厉害,而且那搞不好是医院给准备的标准答案。"

"能够以自己努力的身姿来引领后辈前进,这种事情可是很少有的哦。"

"是吗?这不是跟看了日本国家队的比赛,就开始踢足球一样嘛。"

"足球队员可是英雄啊,但护士确实是默默无闻的哟。她们不但默默无闻,薪水还少。既然如此,她们为什么会选择这个一看就很累的工作呢?因为'自己曾经受到过帮助,因此也想帮助别人',这不是很令人感动吗?"

"会吗?"

"这种职业可是很少见的。这跟想当医生的人不一样哦。"

你这不是对医生的偏见嘛,我心想。

"那些有钱人,搞不好反而是整天待在电脑前发呆吧。工作的价值和获得的报酬不一致,这点我了解,但你不觉得,这样真的很不公平吗?于是啊,我就开始考虑要不要给护士加工资。毕竟这是事关人命的工作,而且作息极其不规律,又需要一定的技术,难道不应该给她们一流企业员工的工资吗?"

"那样医疗制度就会崩溃了。"

"那么复杂的事情咱们就不考虑了。不过仔细想想,那样其实也不太好,因为会招来很多动机不纯的人争着当护士,对吧?到时候,像国会议员那样的蛀虫,都会变成掌控人命的护士了。"

"你这是对国会议员有偏见。"

"到时候,他们搞不好会像投票采取议案一样采血哦。"沟口先生使尽浑身解数说了个冷笑话,并自己先撑开鼻孔笑了。

"真是杰作啊。"我生硬地应道。

"不过话说回来,你觉得会不会有人看了我和你的工作,心里想'啊,我也好想做这样的工作'呢?"

"威胁别人,搬运货物,我不觉得这工作有什么吸引人的地方,别人应该都会想'唉,真不想变成那样的人啊'。"

"也对。"

"你是想要个后继人吗?"

"也不是这个意思。"

然后我向他汇报,说"刚才在毒岛先生的病房里因为数码相机的事情被臭骂了一顿",为了煽动起沟口先生的危机感,我还说"常务快要气疯了,毒岛先生也很生气"。

沟口先生轻易便上了钩,脸色刷白地说:"喂,那可糟了。不如现在去吧。"

"去?去哪里啊?"

"当然是毒岛先生那里啊。你知道毒岛先生生起气来有多可怕吗?还是趁现在赶紧去道歉比较好。"沟口先生挪了挪身子,把手伸向旁边的拐杖。

"拄着拐杖过去还能博得一点同情。"沟口先生笑着说,"搞不好,他还会因为我努力爬到七楼去看他而感动不已呢。等会儿要不要跟他说不是'快到镰仓①'而是'快找毒岛'呢?"

沟口先生早已习惯拄着拐杖走路,只见他三跳两跳便走到了电梯间。可能因为他的动作太敏捷,没有引起毒岛先生的一丝怜悯或感动。

"你来干什么?"常务逼问道。

"不,快找毒岛。"沟口先生战战兢兢地小声说,马上换来常务的破口大骂。

"少给我讲那些意义不明的废话。"

我正在心里幸灾乐祸,结果陪沟口先生一起被骂了。

尽管如此,沟口先生还是为弄坏相机的事情道了歉,当然,也没忘记把责任都推到护士身上。然后又高调地表示:"要是我和高田在医院里发现可疑男子,保证马上汇报。"听起来就像高中生宣称"我会努力晨练"一样。

"病房门口那个机器人一样的家伙,他不会是同性恋吧?摸得我浑身起鸡皮疙瘩。"在往回走的电梯中,沟口先生咂着舌头说。

"人家只是在搜身,防止进入病房的人身上有武器嘛。"

"怀疑同伙好玩吗?"沟口先生不耐烦地说。但我很想提醒他,

---

① 镰仓幕府时期,幕府一旦有大事发生,各地武士就会被召集到那里,故有此语,后形容情况紧急状。

沟口先生你这个同伙，以前不就试图背叛过毒岛先生吗？

到了三楼，我们走向病房，从走廊另一头走来一个衣着朴素的中年女人。她推的小车上装有塑料袋一类的清洁工具，想必是清洁工吧。

"啊，小沟沟，看到你真是太好了。"清洁工大妈露出打从心底里松了一口气的表情。

听到小沟沟这个没羞没臊的称呼，我实在是受不了了。看来他不仅跟护士病人闲聊，就连清洁工都混得很熟了。

"哦哦，怎么了、怎么了？"沟口先生的回答像个性格粗鲁的班主任，"在病房的垃圾桶里捡到钱了吗？"

女人明显很介意我的存在。她时不时地瞥我一眼，似乎嫌我太碍事了。虽然这么说难免有些自夸，但我还是很识趣地说："我到自动售卖机那儿买点东西。"然后离开了。

我买了一瓶根本不想喝的乌龙茶，到周围晃了一圈，突然看到沟口先生神情骇人地走过来说："喂，高田，走了。"

"去哪里啊？"

"那家伙来了。"

我一时间没明白过来。不过，看到沟口先生那极不优雅的骇人表情，以及他身边的清洁工大妈，我突然想通了。"是盯上了毒岛先生的男人吗？"

沟口先生明白我已察觉到现状，点了点头。"快走，别让他跑了。"说完，他就挂着拐杖，踏着富有节奏的步子走向电梯间。

我赶紧跟在后面。

"他是怎么知道这家医院的？"我问，"为什么那个大婶能认出那个男人呢？"

电梯来了，我们跳进去。里面很挤，让人心情烦躁，但沟口先生挂着拐杖，倒是让周围空出不少，连我都觉得有些对不起他了。电梯里的人都盯着数字键盘，不发一语，我也没能继续发问不过沟口先生可能一开始就没打算回答我。

到了一楼，沟口先生又咔嗒咔嗒咔嗒飞快地往后门走去。

"怎么办，我们手上又没家伙。"我跟在他旁边说。我把枪放在车上了。

"空手也没问题吧，就空手。"

"可是那家伙车上有枪啊。"

我们从后门走到外面，门外就是自行车停车棚，不远处站着一个身材高瘦的男人。他戴着一副有颜色的眼镜，头上还有一顶帽子。身上的衣服全都大了几个码，看上去像hiphop爱好者。

"就是那家伙。"沟口先生毫不犹豫地走上前去。

"是那家伙吗？"我觉得那人跟当时在车里看到的人体格有些不一样，莫非那人走出驾驶席后就是这个样子吗？

想必沟口先生照例是做事不经思考吧，他对我的话充耳不闻，飞快地靠过去。另一头的男人可能也想不到，这个挂着拐杖的病人就是当时碰瓷的人，只见他浑然不觉地站在原地。

沟口先生没有放慢速度，直直地冲向了那个男人。正面冲撞。因为是突袭，男人马上跌倒在地。沟口先生也失去了平衡，但在"哎呀"、"痛死了"、"嘿"几声之后，他成功地用拐杖撑住地面，没有跌倒。

男人试图站起来，我马上踩上一脚。男人又倒了下去。

我飞快地扑了上去，双腿压住他的双手，整个人骑在他身上。不能给对方任何反应时间。男人挣扎着，因为本来就瘦，自然也没什么力气。他根本挣不开我的束缚。

他转而发出咒骂，不过脸上挨了我两拳就安静了。真没出息。

随后，我担心被别人看到，便站起身来，顺便把男人也一把拽起。

我们以站姿对峙，我正想往他肚子上再来一拳，让他停止挣扎，沟口先生插进了我们中间。

沟口先生的介入十分勉强，我们三个大男人就像多米诺骨牌一样紧紧挨在了一起，看上去就像夹着一个病号服男人的三明治。真恶心，我马上退了开去。

"小子，你给我小心着点，不要再接近那个人了。"沟口先生用刻意压低却充满压迫力的声音——也就是平时干活儿时的语气说。

我也点头道："你现在这样，已经吃不了兜着走了。"

男人的表情扭曲了。他明显意识到了自己的颓势，虽然试图唤起体内的斗志，但我一眼就看出，他失败了。

见到敌人比我预想的还要没出息，我同时感到了愕然和安心。

"你们到底是什么关系？！"男人惊恐地指着我们说。

"你管我们什么关系！"我往旁边移了一步，与沟口先生并肩而立，然后把脸凑过去说，"你说什么蠢话呢？！"接着一把抓住那人的手臂，扭到背后，"沟口先生，要把他带过去吗？"

"算了,今天就先放过他吧。"

"呃……"我陷入混乱,他到底在说什么呢?怎么处置这男人,还得毒岛先生拿主意,但至少绝对不能就这么放了他。

"听到没?不要再接近那个人了。我们现在对你还算客气的,今后会时不时注意你一下。你小子的做法在我们看来简直是太天真了,看你这种大外行干活儿,老子根本不想奉陪,而且越看越生气。在我们这些专业人士眼中,你这种简直就是过家家。"沟口先生亢奋地说。

男人弓着身子说:"对不起。"

最后,男人几乎是手脚并用地逃开了。

怎么能让他轻易逃走?!

我正准备追过去,身前突然出现了一根拐杖。

"沟口先生,你干什么?他要逃了。"

"算了,这样就够了,反正他也只会欺负缺钱的弱者。我们这些专业人士一露面,他就不会再来了。"

"欺负弱者?"

"她好像在哪个停车场把这个家伙的车给撞了,明明只是一点擦伤,这男人却又是要修理费,又是喊脖子痛要医药费,还威胁她呢。其实,就跟我们干的那些事差不多。"

"你在说什么呢?"

"也不知怎么回事儿,后来就变成她欠那人的钱,还不断被压榨利息。最后实在还不上,那人就时不时跑到这里来给她添麻烦。"

"啊?"我实在不耐烦了,"你到底在说谁啊?"

"当然是刚才那位佐藤小姐啊。"沟口先生的语气也变成吵架时的样子。

"佐藤小姐是谁啊?"

"你不是刚见过吗,就是医院里的清洁工大妈啊。"沟口先生理所当然地说完,转身走向医院大楼。

"不是毒岛先生那件事?"

"跟毒岛先生有什么关系?人家可是被死死纠缠,躲到医院的储物间里哭哦。高田,你把毒岛先生当成那样的人了吗?"

我都不知该如何反驳了。"也就是说,沟口先生在储物间里碰到清洁工大妈在哭,就挺身而出助人为乐了呗?"

"不是那样还能是怎样?"

"不,除了那个还有很多事。"从你的说法来看,我无论如何都会联想到毒岛先生那件事。

"高田,我说你啊,不也把刚才那个人跟上次的男人弄混了吗?你难道分辨不出来?"

"嗯,一开始我的确觉得很奇怪,但等我认定他就是那个人之后,就没再怀疑了。"

"话说回来,沟口先生你卖了这么大的人情给清洁工大妈,到底有什么好处呢?"我在与他一同走回病房的路上询问道。

沟口先生一边敏捷地拄着拐杖前进一边说:"就是助人为乐。"但他似乎很不适应自己说出这样的话来。

"怎么可能……"

"呵呵。"沟口先生很快就承认了,"不过啊,最近我总会想起一些事情来。"

"什么事?"

"冈田跟我说要辞职的时候,曾经这样说:'我的工作总是让别人怕得想哭。看着别人那么痛苦,我一点都不快乐。'"

"嗯,因为沟口先生的工作本来就讨人厌嘛。"原来如此,那个叫冈田的男人原来是满口理想论的热血青年啊,我想着。

"当时我也笑他说:'要是能做得开心,那就不是工作了。'"

"您想起这个了啊。"

"最近我开始想,是不是也有不让他们面露痛苦的办法呢?"

"什么意思?"

"不去攻击对方的弱点,不去利用对方的失误,而是让对方高兴,卖他们人情。"

我强忍住笑意。"真有这么这么好的事情吗?人会因为恐惧和不安而行动,但很难因为感恩而有所动作哦。"

"呵呵。"沟口先生跨过后门的一小段门槛,"试试也没什么坏处嘛。"

"那样真的有意义吗?"我说。不喜欢别人难过之类的话,想让别人开心之类的话,我实在无法忍受这种半吊子的言论。我一直以为沟口先生只是个大大咧咧又心思单纯的男人,结果不止如此,他竟然还是个半吊子的天真汉,实在太让我失望了。这样的他就像没营养的蔬菜一样,让我有种"如果说它有点营养,我还能勉强吃下去"的感觉。

"意义什么的根本没意思。"沟口先生说。他正准备打开门走进大楼,里面一个刚好路过的护士就跑过来替我们打开了。

沟口先生回给她一个毫无节操的玩笑话,把护士逗得花枝乱颤。

"小沟沟,你这么有精神,赶紧出院吧。"护士说,"其实你早就不用拄拐杖走路了吧。"

"走着是十分,飞起来也是八分。"沟口先生有节奏地回答道。

"你在说什么呢?"护士乐呵呵地问。

然后沟口先生说:"对了,上回我跟你说的那个桑葚蛋糕,你快买来给我呀。"

"要是给病人买东西,我会被骂的。"

"哎呀,别这么说嘛。啊,对了,我是给这个高田吃的。"

"我不喜欢甜的东西。"我说。但沟口先生充耳不闻。

在走向电梯间的路上,沟口先生歪着嘴,看着我说:"你说过,要是飞起来也是八分,那用走的也没什么区别,是吧?"

"嗯,因为只差两分钟,那不就是没什么区别吗?"

"上次我也说过了,重要的不是这个问题。"

"什么意思?"

"即便只差两分钟,我也会选择飞。因为要是能飞,我会更高兴。"

"重点不在那里。"

"比如说,最近的年轻人在泡妞的时候都会用短信,'我喜欢你'用手指按两下,好,发出去了。"

"确实有这种人。"

"那么,你觉得直接走到女孩家里,亲口对她说'我喜欢你'的男人是不是更让人感动呢?"

"那也要看人的。"我回答。今时今日,要是有个男人突然跑到我家来,与其说感动,更直接的感受是恐惧才对吧!

"不过,还有更感人的。"沟口先生已彻底沉浸在自己的演讲中,对我的回应几乎是左耳进右耳出,"听好了,高田。要是男人不用走的,而是用飞的,结果会如何呢?"

"什么如何啊?"

"要是一个男人从天上飞过来,对你说'我喜欢你',那简直就只有答应这一个选择了吧?我要是个女人,肯定会当场脱光抱上去。"

"一个男人在天上大喊着'我喜欢你'冲过来,这简直是难以想象的恐怖体验好吗?那才是真正的彼得潘综合征。"

"你给我好好听着,走着是十分,飞起来是八分,短信只要一瞬。尽管如此,如果能飞,还是应该飞的。如果错过这样的体验,简直太亏了。"

"呵呵。"

"八分和十分没什么区别,你这种说法,跟'人总是要死的,何必挣扎'是一样的哦。"

"哪里一样了!"

"既然人总是要死的,那就得讲究活法了。"

"是的是的。"我敷衍道。沟口先生坚持的说法,如果粗略总结一下,很可能与"最重要的不是时间和记录这一类的结果,而是过程"这样的教诲相通,而这样的意见我觉得也不坏,只是他那种"就算只差两分钟,还是飞起来更好啊"的孩子气想法,实在是让我无法接受。

我的意思是,凭什么要让这种一直不讲究活法的人来教训我怎样的活法才是最重要的呢!

回到病房,沟口先生躺到床上,又开始用手机浏览蛋糕点心的信息。

其他病床都空着。沟口先生说他们不是去复健,就是去喝茶了。

"喂,高田,等会儿你见到佐藤小姐,记得告诉她已经没事了。"

"佐藤小姐?哦,清洁工大妈吗?我知道了。"

"还有啊。"

"什么事?"

沟口先生从床边抓起一个头盔。"你把这个放到那位老师的床上吧。"

"这是来看望那位老师的人落下的头盔吧。为什么会在你这里?"我接过来一看,连钥匙都在里面。

"应该是原本放在老师床边的头盔不知为何掉到了地上,被巡房的护士看到,以为是我的,才放到这里来的吧。"

"好精确的推理。"

沟口先生咂咂舌。"那啥，我也是会用脑子的好吗？好端端的头盔为什么会跑到我这儿来，稍微想想就知道了嘛。你说是不是？"

"嗯，的确是。"

"我过去被冈田说，只凭一时心血来潮冲动行事并非坏事，但有时也要稍微过过脑子。"他挠着头说。

"原来如此。"我应和着，拿起头盔走向窗边的床位。

"唉，我怎么就对冈田做了那种事呢。"

沟口先生在我身后大声叹息。真是烦人的独白。如果要忏悔，麻烦自己找个阴暗狭窄的角落忏悔个够。

我悄悄走到老师床边，犹豫着要把头盔放在哪里，最后，还是把它放到了架子上。

当我准备原路返回时，突然注意到床边放着的纸袋。

没有任何印刷字样的纸袋里，有件被揉成一团的白色衣服。那好像是医生的白大褂。

原来那个熟悉花语的老头，真是个穿着白大褂研究花语的博士啊，我差点儿就要接受这个解释了，但很快又想到，研究花语应该不用穿白大褂吧。

"喂，高田。"沟口先生叫了我一声，我离开了那张床。

直到第二天，我才后悔当时为什么没细想白大褂的事情。

第二天，我照常在下午三点来到医院，发现沟口先生很少见地老老实实地躺在床上。一问，原来除了那个老师，同一间病房的病友们全都出院了，而现在那位老师也不知去哪儿了。

"实在没办法，我才老实躺在了床上。"沟口先生闷闷不乐地说。

"我觉得，住院就应该老实躺在床上吧。"

"唉……哦，对了，高田，就是今天吧？"

"什么？"

"不是你说的吗，毒岛先生不是收到了不会再变老的威胁信吗？明天就是他的生日了，要是会被袭击，那应该就是今天了。"

正是如此。确切地说，人是在生日当天几点正式长大一岁的呢？严格来说，应该是离开娘胎那一刻吧，但一般情况是只要到了那天，人就算长了一岁。

这么说来，最危险的就是生日的前一天，也就是今天了。

"可是，对方并不知道毒岛先生住到这家医院里来了啊。"

"是啊。不过，这种事随时都有可能传到对方耳朵里。"

"请你不要说得这么可怕好吗！"

"以防万一嘛。我的意思是，提高警惕是最稳妥的。高田，你知道石楠花的花语吗？"

"我连石楠花是什么都不知道。"我突然想到一个冷笑话，但很快便抛到了脑后。

"是'保持警惕'哦。"

"又是那个老师告诉你的吧。"

"因为老师真的知道很多花语啊。我都吓了一跳呢。你知道吗？连卷心菜都有花语哦。那哪儿是花啊，就是菜叶子嘛。"

卷心菜也会开花啊，我正想反驳，脑中却闪过一丝灵感。

说到叶子，最近好像在哪里见过。

那封威胁信。

昨天常务给我看的威胁信上，不就写着一句话，还贴了一片绿叶子的贴纸吗。

"那片叶子。"

"喂，你说什么呢？"

我把威胁信的事情说了一遍。

"嗯，那是什么意思，署名吗？"沟口先生皱起眉头，"那到底是什么贴纸，菜叶子吗？"

听到蔬菜二字，我瞬间便脱口而出"西兰花"几个字。"如果不是，那就是香菜了。"

"那应该是香菜吧？你不觉得有很多人讨厌香菜吗？正好适合做威胁信的署名。"

"香菜也有花语吗？"

"谁知道呢。"沟口先生说完，又指着窗户说，"老师那边好像有本字典。"

我有些兴奋，不过没有明确的理由，应该是预感到了自己将有所发现吧。

我很快就找到了类似花语辞典一样的东西，将其拿在手里，开始检索"香菜"的词条。

"高田，怎么样，香菜有花语吗？"

我逐字搜寻。香菜的花语是"庆典"、"胜利"，反正都是些积极华丽的语言。不过，看到最后一个花语时，我不禁发出了呻吟。岂止是呻吟，我甚至感到如坠冰窟。

我立刻冲出了病房，沟口先生在后面大声叫我，但我根本没时间停步。我本打算跑向电梯，但考虑到中途可能浪费更多时间，便选择了楼梯。我飞快地往上跑，几乎把自己绊倒。

当我不断跨越台阶时，刚才那本辞典上的文字又浮现在眼前。在香菜的花语中，记录着一个很不吉利的词——濒死的前兆。

那片香菜叶子的贴纸，是否代表了这个花语呢？我不由自主地想。濒死的前兆，这不正是最适合用来威胁敌人的信息吗？

我右脚猛踏台阶，一次跳过数级，又重复一次动作。这么说来，写下威胁信的肯定是个熟悉花语的人。

通过这些线索，我只能想到一个人。

那就是跟沟口先生住在同一个病房的，那个老师。

我一口气爬完楼梯，顿时气喘吁吁。上到七楼时，我已不得不弯下腰，试图理顺呼吸。

"喂，怎么了？"机器豹子走过来，向我搭了句话。与此同时，我也被搜身了。

"我知道是谁要袭击了。"我后腰上塞着一把枪，却被机器豹子没收了，"喂，你干什么？"

"如果你就是那个人怎么办？"

"怎么可能！"我极力主张，但他根本不听。不知是否听到了外面的嘈杂声，常务从病房里走了出来。

"高田，怎么了？"

"没什么，我知道是谁企图袭击毒岛先生了。"

紧接着，我把沟口先生的病友告诉了他，同时把香菜的花语解释了一遍。

"香菜还有那种意思吗？话说回来，那张贴纸上画的真是香菜？"

"而且，昨天我走到那男人床边时看到了一个装着白大褂的纸袋。"

"白大褂？"

"在医院里想接近毒岛先生很麻烦，因为有常务亲自坐镇，武器也会被没收。唯一能做的，恐怕就是伪装成医院里的工作人员了。"没错，所以他才需要白大褂。

"原来如此。"

"而且，那个男人的儿子儿媳都去世了。搞不好他是因为那个，才对毒岛先生心怀怨恨的。"

这完全是我的臆想，但把那对夫妇生意上的失败跟毒岛先生联系到一起，并不显得很奇怪。

"等等，你冷静一点说话。听好了，要是盯上毒岛先生的是那个住院的病人，那就证明，那家伙就是撞了你们车子的人。你们见到他，难道都没认出来吗？"

我猛地回过神来。别说那位老师，就连来看他的那个男人，都跟撞上我们车子的男人完全不一样。这是怎么回事儿呢？我开始整理自己的思绪。

"撞车的男人，很可能跟毒岛先生完全没有关系。"

常务并不认同，摇了摇头。我也觉得这个说法太勉强了。

"如果不是这样，那么当时的司机有可能只是负责搬运枪支的。"我说。这样一来，也能理解那个司机怯生生的态度，以及毫无威慑力的气场了。实际上，他看起来的确不太像是有胆子直接袭击毒岛先生的人。"负责袭击毒岛先生的，会不会是医院里的人，也就是这里的住院患者呢？他们有可能是分工合作的关系。"

我以前听说过，有个组织为了杀害议员，把凶器当成接力棒，经过好几个人的搬运，才成功丢弃了。

工作和职责还是有人分担比较稳妥，这是进行困难作业时的基本原则。

就在此时，电梯停在七楼，发出"叮"的一声。

终于来了吗，我马上摆好架势。一心以为袭击毒岛先生的男人就要从电梯里出来了。

我正想把枪要回来，那个机器豹子却一路小跑地向电梯冲了过去。他反应很快，手里已经拿着枪了。

可是，从电梯里出来的却是拄着拐杖的沟口先生，看到黑洞洞的枪口对准自己，他瞪大了眼睛，着急忙慌地说："喂喂，搞什么啊？是我啊。别整这出好吗？"连唾沫星子都飞了出来。

不仅是我，其余二人也顿时蔫了。虽然有点气馁，但也安心了不少。即使在这种时候，沟口先生还是会肆无忌惮地捣乱。

机器豹子开始搜沟口先生的身。丝毫没有放松警惕，不错过每一个角落的那股认真劲儿，让人更觉得他简直就是台机器。

"哦哦，高田，你也来啦。"沟口先生说，"你刚才那么急匆匆地跑出去，害我也紧张了好一会儿。不过我还以为你去上厕所了。"

"据说跟你同病房的那个人很可疑哦。"常务向沟口先生走去。

我本来以为沟口先生会目瞪口呆地说："骗人的吧，那个老师？这到底是怎么回事儿啊？"但他并没有做出那样的反应。

沟口先生只是露出了往常那副居高临下、自以为是的表情看了我一眼，说："是吗？高田也发现了啊。"然后又尖声说："放心，他现在在三楼的储物间。"

"储物间？谁啊？"

"老师呗。我看他穿着白大褂，拿着手枪，就给了他一拐杖，塞到储物间里去了。护士也帮忙了哦。"沟口先生不知是不是在害羞，脸上的表情都扭曲了。

"护士？"

"我说我去报警，叫她先把人关着。现在储物室的门已经锁上了，你们最好快点儿过去。"沟口先生话音未落，机器豹子和另一个男人已经跑向了楼梯，"里面关的可是新鲜出炉的可疑人员哦。"

常务正欲跟着过去，但想到毒岛先生的病房还需要戒备，就停下了脚步。

"这里就交给我吧。"我马上说，这句话还没经过大脑就脱口而出了。因为沟口先生把敌人关进储物间里立了功，我要是不起点作用，以后可就不好混了。"万一那个司机来了，我也能认出来。"

"哦，说得好啊，高田。那我也留在这里。"沟口先生笑道。

我内心暗道，沟口先生在也起不了什么作用。

常务自然不觉得有我们在就不会有问题，但他现在可能真的很想不顾一切地跑到敌人那里去，便兴奋地向楼梯跑去。

我和沟口先生则转身走向毒岛先生那间豪华的病房。就在此时，我"啊"了一声。

"怎么了？"沟口先生拄着拐杖说。

"我忘了叫他把枪还给我。"

沟口先生也空着手。我顿时陷入了不安。

走进病房，看到毒岛先生正坐在抬起靠背的床上，身前还横着一张小桌，他正在吃貌似松饼的东西。

"毒岛先生，不好意思打扰你了，不过你最好准备一下哦。"我说。

"怎么了？啊，连沟口也来啦。喂，这个很好吃哦。"毒岛先生轻快地说。

"跑到医院里来了。"我指了指病床说，"想袭击毒岛先生的，是住在三楼大病房里的人。他现在被沟口先生关起来了，不过我担心他还有别的同伙。"说到这里，我大叫一声看向沟口先生。"那个来探病的男人是同伙吗？"

可能他每天来探病，也是袭击毒岛先生计划的一环吧。

沟口先生皱了皱眉，点点头。

"毒岛先生，我觉得你还是先准备一下，方便随时转移。"

毒岛先生淡定自若，看不出半点焦急。他推开碟子说："是吗？那我就换身衣服吧。"说着，他走下床来，"对了，盯上我的是哪个蠢蛋？"

"我不是很清楚。不过我认为，他本来打算用白大褂作掩护潜入这里。"

"原来如此。"

"还有，您知道那封信上贴的贴纸吗？有可能是香菜的图案，那个图案暗藏着一个花语。"

"濒死的前兆，对吧？"拄着拐杖走到房间角落的沟口先生说。

"是的。"原来沟口先生也知道啊，我对他有点刮目相看了，"所以，这肯定是熟悉花语的男人干的。"

我实在太得意了。虽然并无打算，但还是扬扬自得地说出了自己的想法。

"据说那男人的儿子儿媳以前是开蛋糕店的，后来因为经营不善，连命都搭上了。"一定是毒岛先生在后面兴风作浪，才会引起那场骚动的，我很想继续下去，却不敢直说。

正当我考虑措辞时，沟口先生插了进来。

"高田，那是骗人的。"

他到底在说什么呢？我吃了一惊。

"高田，你脑子挺灵光的啊，一定从小就学习很好吧。"

"你怎么突然说起这个？"

"跟我这种不擅长学习、把功课全都丢到一边、随随便便的人不一样。你会认真地考虑事物。"

沟口先生拄着拐杖挪过来，用下巴指了指我。

毒岛先生并不惊讶，而是平静地看着我和沟口先生，不一会儿，他脱掉病号服，从衣柜里拿出休闲裤穿了起来。

"这是怎么回事儿啊，沟口先生？"

"那啥，我跟你说，过去冈田多管闲事，曾经执行过一个奇怪的任务。"

"又是对冈田先生的回忆吗？"

"说是为了吓唬一下虐待儿子的父亲，他要我伪造驾照，还搞了各种麻烦的动作，反正蠢得很。那种事又赚不到钱。"

"后来成功了吗？"

"哼，我也不是很清楚。不过当时冈田所做的，就是'让它看上去很像'。"

"看上去很像？"

"人啊，只要给他一点看上去很像那么回事儿的信息，他就会自动展开想象，最后说服自己。所以啊，我也试了一回。"

我根本不知道他说的是什么意思。比起他的话，我更加在意敌人会不会随时从病房外闯进来，坐立不安。

"听好了，我这种最怕麻烦、什么都随随便便的人，这回可是绞尽了脑汁。只要努力，我还是能做到的。"

"那啥，你到底是什么意思啊？快点儿告诉我啊。"

"我跟你说，那个老师根本不是真凶。"

"啊？！"

"是我让你们这么以为的。你说，老师的儿子儿媳死掉的信息，你是听谁说的？那对夫妇因为蛋糕店经营失败而双双寻死，你是从谁那里听来的？不都是我吗？知道吗，我只是跟你说得很像这么回事儿而已。而且，将白大褂放在那里，故意让你发现的也是我。"

我眨了好几次眼睛。这么关键的时刻，沟口先生为什么还在开玩笑呢？我不由得怒从心生。到底是怎么回事儿？

一声轻响，是配送餐食的电梯上来了。沟口先生刚好站在附近，便拄着拐杖，轻快地走了过去。

"毒岛先生，蛋糕给你送来了。"

"啊，原来还有蛋糕要送来啊。"毒岛先生说。沟口先生的话让人无法理解，听起来有点可疑，但毒岛先生不知是因为迟钝还是大气，总之十分平静。

沟口先生打开电梯门，从里面拽出一个蛋糕盒。再按按钮，电梯又下去了。

沟口先生放开一根拐杖，拖着一条腿走过来，把盒子放在棉被上。他轻轻掀开盖子说："是桑葚蛋糕。"然后转过盒子，让毒岛先生也能看到里面的东西。因为盒盖只打开了一条缝，里面的东西看得不怎么清楚，但的确是一个小小的圆形蛋糕。

"桑葚吗？应该很好吃吧。"毒岛先生此时已经快扣好衬衫扣子了。

我还因为沟口先生刚才的那些话而陷入混乱状态，虽然有很多问题，却不知道先问哪个才好，只能呆呆地站着。

沟口先生说他给了我一些"很像这么回事儿的信息"。那男人的儿子儿媳死了，莫非都是假的吗？他为什么要说谎呢？

"高田，你从我说的话和那件白大褂上推理出了老师就是真凶。果然聪明人就是不一样啊。你们能理顺事物的关系，做出正确的推理。"沟口先生抬起头说，"我果然没看错人。"

"你到底在说什么？"

"你说那张香菜的贴纸意有所指。不过呢，其实毒岛先生和其他所有人，在你提到之前，都不知道香菜还有花语。你说是不是？花语这种东西，如果对方不知道，就根本没有意义了。"

"可是，那上面的确贴了。"

"那就是为了让脑子灵光的人发现'真凶一定是熟悉花语的家伙'才贴上去的。"

"这到底是怎么回事儿？"

沟口先生打开蛋糕盒盖子。

"毒岛先生，你知道桑葚的花语吗？"

毒岛先生似乎终于察觉沟口先生的态度很奇怪了，只见他绷紧了脸，虽然没有表现出怯懦和不安，但还是直直地盯着沟口先生。

"你很熟悉花语吗？"

"都是老师教我的。桑葚的花语其实是……"沟口先生说话的同时，拿起箱子，将从里面拿出的东西指向了前方，那是一把枪，"比你活得更久。"

我动弹不得。沟口先生把一根拐杖夹在腋下，另一只手也握住了手枪，对准毒岛先生。他呼吸粗重，一脸要把对方吞掉的险恶表情。

毒岛先生一动不动地看着沟口先生,没有表现出一丝慌张。

"沟口,你想干什么?"他用低沉的声音说。跟我以前听过的传闻一样。赤坂的蜜月套房事件。被五个男人用枪指着,即便全身赤裸也毫不畏惧,那就是毒岛先生。

"替冈田报仇。"沟口先生的回答十分简短,却能深深镌刻在对手脑中。

"沟口先生,你是从什么时候……是从什么时候开始想这些东西的?"

"从一开始。"

"一开始?"

"高田,想必你也知道,每次接近毒岛先生,他身边总是有人。特别是我,因为过去那件事,已经成了重点戒备对象,更别想替别人报仇了。所以,我才会绞尽脑汁,想了这么一出。"

"你是什么——"

"盯上毒岛先生的男人,根本就是假的。我就想,要是我知道真凶长什么样,或者让他们觉得我掌握了重要线索,到时候就连毒岛先生也要靠我了。"

"那上回那个司机是——"

"那是我安排的。撞了我的车的司机,刚好就是袭击毒岛先生的凶手。哪儿有这么巧的事情啊。我目击到持枪的可疑男子,而那个可疑男子朝毒岛先生家开了一枪。因为我见过那个男人的脸,所以他们自然会依靠我。这就是我设计的剧本。因为我早就知道毒岛先生在医院里休养了，甚至还有所期待，觉得如果运气好的话，他们没准会安排我去看守病房。不过纸上谈兵还是不行啊，事实并没有我想象的那般顺利。我没想到那家伙会逃得那么卖力，结果一不小心摔了一跤，还被碾断了大腿。真是太倒霉了，倒霉得连我自己都要笑出来了。"

"那当时开车的男人，到底是谁啊？"

"愿意陪我干那种蠢事的，这世上还真没几个。"

"是太田吗？"

沟口先生眯起眼睛。"你别看他那样，已经算瘦了很多了。"

难怪他要弄坏数码相机啊，我终于想明白了。我虽然没见过太田，但毒岛先生和常务却认得他。就算他再怎么瘦，也能从长相上认出来。

就在此时，常务从病房门口走了进来。他似乎并没有察觉到异状，只是一边漫不经心地往里走，一边说："喂，沟口，你说的到底是哪里的储物间啊？"

沟口先生丝毫没有迟疑。

枪口飞快地，几乎是机械性地移动到门口，同时发出了枪声。常务捂着大腿倒下了，但似乎还没反应过来。只见他坐在地上一边呻吟，一边四处张望。

"高田！"沟口先生大叫一声。

"是。"我似乎被他的迫力震撼了。一直吊儿郎当、做事根本不经大脑的沟口先生，现在却完全像个陌生人。因为现状证明我的主观判断从头到尾都是错的，让我已经无法相信自己了。

"用胶带把他捆起来。"沟口先生重新把枪口指向了毒岛先生。

"呃……"

"少废话,快用胶带把那家伙捆起来。"

"我怎么能那么干呢!"我话音未落,沟口先生的枪口已指了过来。

"高田,我只有一把枪,要是一直指着你,毒岛先生就会逃脱了。所以你要是敢反抗,我只能马上射杀你了。听到没?我只给你三秒钟。一、二……"

我应了一声"是",马上取下架子上的胶带,将常务的双手捆在背后。

"喂,高田,你在干什么?"常务的表情因疼痛而扭曲。他并没有发怒,而是搞不清楚状况,不知道到底发生了什么事。

我心里同时觉得,现在不该完全听从沟口先生的命令。可沟口先生马上又说:"你还想再来三秒吗?"让我顿时陷入了恐慌。因为眼前就是血流不止的常务,我的身体不由自主地被恐惧所驱使。"对不起。"我一边道歉,一边用胶带封住了常务的嘴。

"放心吧,这里是医院。那种小伤一下就能治好的。"沟口先生口齿清楚地说道。

"沟口,你这是要干什么?"毒岛先生说。

"不好意思,毒岛先生,我开完这枪,就算报仇了。然后我也该溜之大吉。"

"沟口先生,你想怎么逃啊?"

"我把摩托车钥匙借来了。我告诉你,今天我一早就请老师到另一幢病房大楼去休息了。我随便编了个借口,就把他请走了。所以毒岛先生的部下为了找到那个老师,应该还要晃悠上很长时间。果然,冈田说得没错,要请人做事,与其威胁,还不如'亲切'。只要对别人好,别人也会对你好。"沟口先生好像也挺紧张的,说话都有些大舌头了,"就连这把枪,也是别人帮我从下面送上来的。"

"是谁?"毒岛先生问。

"高田,多亏了你,我被别人感谢了。你真是帮了我大忙。"

怎么回事儿?我能想到的,只有清洁工大妈那件事。是我把一直缠着那女人的男人赶走了。原来沟口先生以此为由,托她"帮忙用电梯把蛋糕盒子运上去"吗?不过想必她不知道那蛋糕盒子里竟藏着一把枪吧。如果是这样,那她倒是有可能答应。

"摩托车?可是,沟口先生你还挂着拐杖啊。"

"当然是你来开啊。"

"两个人不戴头盔,一下子就会被交警抓住的。"

"呵呵。"

沟口先生搞不好根本就没打算逃吧,我不禁想。嘴上说着要活得比人家久,搞不好心里在想,只要报了仇,就什么都无所谓了。

"沟口,你做这种事有什么意思?"毒岛先生十分冷静。他并没有争辩,而是用询问对方老家在哪儿的语气说道。

"我很后悔,当时就不该把所有责任都推到冈田身上,因为冈田是个好小伙儿。他很有意思,是个好小伙儿啊。"

"很有意思,是个好小伙儿。就因为这样,你就要毁掉自己的整个人生吗？听好了，沟口，如果你现在住手，我可以既往不咎。"毒岛先生说，"我并不讨厌你，你想从我这里离开时，我就知道你会把责任都推给冈田。尽管如此，我还是让你活了下来。你知道为什么吗？因为我一开始就很看重你。"

"你胡说八道。"

毒岛先生缓缓走向前，绕过病床，向沟口先生靠过去。

"今天，我更是对你另眼相看了。只要你现在住手，我就当所有事情都没发生过。你以后就找个地方安静生活吧，我们不会再来打扰你。"

"但冈田回不来了。"连我都能感觉到沟口先生扣动扳机的手指力量加重了。莫非，枪声又要响起来了吗？

"你跟冈田不也只有几年的来往嘛。为那种家伙拼命，有什么意义呢？"

"我不管什么意义不意义的。无论是八分还是十分，只要能飞我就会飞。不顾得失。"沟口先生像念咒一样喃喃道。

"只要能飞就要飞吗？说得真好。"毒岛先生与沟口先生相对而立。二人之间仅隔几米的距离。这时我发现毒岛先生原来赤着脚，他穿着拖鞋，却没穿袜子。于是我想起了那桩轶事，就是他用藏在脚跟的剃刀刀片，割了五个人手腕的事。

还是告诉沟口先生吧，我心里虽然这么想，却怕得不敢说出来。

就在我内心矛盾的时候，沟口先生开口道："毒岛先生，我跟冈田其实认识很久了。"

毒岛先生皱起眉头。"什么意思？"

"让太田查了一轮，我才偶然发现的。从我们碰面那天算起，已经将近二十年了。"

二十年前？他到底在说什么呢？我无法理解他的话。

"没想到我竟毁掉了冈田的人生，现在后悔也来不及了。我能做的，只有替他报仇。"

此时毒岛先生说："我知道了。"他吐了一口气，像做好了准备一般挺起胸膛，似乎在说，要开枪就冲这里打。

就这样结束了吗？我心想，但还是不由自主地想象着毒岛先生突然说"沟口你背后那个是谁啊"，然后沟口先生条件反射地向后望去的光景。换句话说，我还是觉得赤坂蜜月套房事件会在这里重演。

可是，毒岛先生说出的，却是完全出乎我意料的话。

"那么，如果我说冈田还活着，你会怎么想？"

沟口先生理所当然地发火了。"胡说八道，你是想拖延时间吧。"

尽管如此，这句话令沟口先生无法开枪也是事实。

主导权已经落到了毒岛先生手上。

电话铃声响起，不是我的手机，沟口先生也并不动弹。原来是从常务衣服里发出的。不一会儿，铃声停了下来，周围陷入一片静寂。很快，毒岛先生的电话响了起来，他的电话还扔在床上。

"应该是跑到楼下去的人打来的。要是我不接，他们会马上赶过来哦。"毒岛先生说。

沟口先生说："你去接电话，说这里什么事都没有。要是敢说多余的话，我就开枪。"他晃了晃枪口。可那明显只是吓唬人的说辞。到了这个节骨眼儿，沟口先生早就下不了决心开枪了。

"放心吧，我也不想有人打扰我们。"毒岛先生说完，把手伸向病床，接起了电话。"嗯，是我。这里没什么事。"他应答道，"据说有个可疑人员坐出租车从医院跑出去了。嗯，没错。所以你们也去外面找找看。"

毒岛先生挂掉电话，说："这样就暂时不会有人来了。"然后若无其事地继续道："当时……"他全然不顾眼前的枪口以及它所代表的死亡，那平静的态度，让我惊讶不已。"沟口啊，其实我当时根本就不打算杀了你们。说起来，我根本没怎么生气。"

"你胡说！"

"只是就这么放过你们，我这老大也不好做了。你说是不是？要管着这么大一群人，其实是很费神的。于是，我就向冈田提出了一个建议。"

"建议？"

"我跟他说，只要他不再出来示人，找个地方安静地生活，我就不会拿他怎样。"

"于是，冈田现在就悄然平静地生活在某个地方？可喜可贺啊可喜可贺。我呸，你觉得这种话能骗到我吗？！"沟口先生的态度明显比刚才更加动摇了，"如果你说的是真的，那冈田现在在哪儿，在做什么？"

"我也不是非常清楚，"毒岛先生说完，表情略微松弛下来，"但我知道他在吃些什么。"

"知道他在吃什么？你什么意思？"

"沟口，我不也告诉你了吗？"

我不知道毒岛先生究竟是什么意思，沟口先生似乎也一样。只见他全身紧绷，好像生怕自己落入敌人的妖异魔障中。

"你知道吗，这就是我的温柔。我虽然不能告诉你冈田在哪儿，但无论如何都想让你知道冈田平安无事。"

"你什么意思？"

此时我先反应过来了。"沟口先生，是不是那个啊？"

"那个是哪个？"

"就是美食日记啊！"

"啊哈？"沟口先生瞪了我一眼，然后面露困惑地说，"呃，你骗人的吧。"

我看到毒岛先生点头承认了。"更新那个博客的人，就是冈田啊。"

虽然是我先猜到的，但还是忍不住反问："真的吗？"

"更新那个博客的，是沙希小姐。"沟口先生恶狠狠地说。

"那时候，冈田悄悄给我发了个短信。说托我的福他还活着，现在正在享受甜食。那个沙希，应该是他在哪儿认识的女人的名字吧。"

"怎么可能！"沟口先生一口否定道。有一部分原因当然是毒岛先生说的话太令人难以置信了，但或许更多是因为，他一直认为是个年轻女子的沙希小姐居然是冈田，这个事实让他太难以接受了。

"喂，高田。"沟口先生举着枪，叫了我一声，"现在马上打开那个美食日记。"

"啊？"

"用你的手机登录那个页面，然后给他发邮件，问他是不是真的。"

"为什么？"我忍不住脱口而出。磨磨蹭蹭的搞那种东西，就不怕警察或者机器豹子突然跑过来吗？真要一一去确认，时间根本不够。不过我还是边想边战战兢兢地掏出手机，打开浏览器，照着沟口先生提供的关键字搜索，打开了贴有蛋糕照片的那个"美食日记"。我赶紧搜索屏幕界面。

"上面有邮箱地址。"

"高田，马上发。"

"发什么啊？"

"邮件啊。就说如果你是冈田请马上回信。"

"为什么？"

"沙希小姐回复评论都很快的，邮件应该也会马上回复。"沟口先生依然坚持管博主叫沙希小姐。"三分钟。我就等三分钟，没消息就开枪。"

"可我要写什么啊？写我是沟口吗？如果不注意，冈田先生可能会怀疑是别人谎称沟口先生骗他上钩啊。而且那如果不是冈田先生，一定会被无视掉的。"

"那你这样写。"沟口先生快速说道,"'不如我们做朋友吧。一起开车兜风一起吃饭。'"

"呃,那是什么啊?"

"我跟冈田最后一次见面时,他就发了这样的短信。他应该还记得。"

"肯定早就忘了吧。"

"那你再加一句'交朋友比生孩子还困难'。"

"这话真没品。"我脱口而出。紧接着,我开始了打从娘胎里出来后最紧张的一次电话操作,拼命往手机里输入文字。事已至此,我也有些自暴自弃了。如今这个状况,让我只能对沟口先生唯命是从。"不过这就变成从我的邮箱发过去了,但也没办法啊。"

按下发送键的同时,我仿佛看到一只小鸟带着我的音信,张开翅膀消失在远方的光景。

病房陷入一片沉寂。被胶带封住嘴巴的常务虽然呼吸粗重,却一言不发。

"我只等三分钟。三分钟过了就提醒我。"沟口先生说。

"我觉得对方应该不会那么快回复吧。"

"嗯,无所谓。"毒岛先生若无其事地说,"把命赌在这上面也挺好玩的。如果冈田三分钟内不联系你,我也就放弃了。沟口,你就对我开枪吧。"

"不用你说我也会开枪。"

"那如果有联系呢?"我忍不住问出了口。

毒岛先生摊开双手说:"刚才我也说了,只要你不开枪,我就放了你们。你们爱去哪里就去哪里,找个地方快乐地生活吧。"

他的话真的可以相信吗?

沟口先生开口道:"到时候,我们就如你所愿,找个地方度假去。我剩下的人生都是暑假,而且没有作业。"

时间一点点流逝,我盯着手机屏幕,一心一意地祈祷着。邮件啊,快来吧。

毒岛先生挠了挠屁股。沟口先生吓了一跳,猛地把枪往前一推。

"不准动。我也听过毒岛先生你的一些轶事,据说你在脚跟藏着刀片,还把五个人的手腕给割了。"

沟口先生也听过吗?

"那是骗人的。"毒岛先生摊开手,露出了高兴的笑容。

"是吗?"

"其实不是五个人,是六个。"

沟口先生咂了咂舌头。他一边感叹"这种话不该这个时候讲吧",一边微笑道:"毒岛先生,你果然很厉害啊。"

"其实我也不讨厌你。"

毒岛先生的脑子里到底在想什么?我是一点都掌握不了。

"喂,高田,邮件还没来吗?"

"还有一分钟。"

"还不飞过来吗?"

"又不是飞机。"

"飞起来八分,走着十分,发邮件只要几秒啊。"

"就一瞬间。"回答完,我的心跳开始加速。是一瞬,还是永远呢?

我觉得体内好像有人在疯狂地敲着大鼓,让我身心都为之震撼。

看向前方,沟口先生稳稳地举着枪,与毒岛先生面对面而立。

"喂,高田,怎么样?"沟口先生大叫。

"叮",电话响了。

要是烤肉店的话,我可绝对不饶他。

NOKORI ZENBU VACATION by Kotaro Isaka
Copyright © 2012 by Kotaro Isaka / CTB
All rights reserved.
Original published in Japan by Shueisha Inc.
Chinese (in Simplified character only) translation rights reserved by NEW STAR PRESS Co., Ltd under the license granted by Kotaro Isaka arranged through CTB, Inc.

图书在版编目（CIP）数据

余生皆假期／（日）伊坂幸太郎著；吕灵芝译．--2版．—北京：新星出版社，2020.7

ISBN 978-7-5133-4088-5

Ⅰ．①余… Ⅱ．①伊… ②吕… Ⅲ．①短篇小说-小说集-日本-现代 Ⅳ．①I313.45

中国版本图书馆 CIP 数据核字（2020）第 105162 号

午夜文库
谢刚 主持

余生皆假期

[日]伊坂幸太郎 著；吕灵芝 译

责任编辑：王　欢
特约编辑：赵笑笑
责任校对：刘　义
责任印制：李珊珊
装帧设计：@broussaille 私制

出版发行：新星出版社
出 版 人：马汝军
社　　址：北京市西城区车公庄大街丙3号楼　　100044
网　　址：www.newstarpress.com
电　　话：010-88310888
传　　真：010-65270449
法律顾问：北京市岳成律师事务所

读者服务：010-88310811　　service@newstarpress.com
邮购地址：北京市西城区车公庄大街丙3号楼　　100044

印　　刷：北京美图印务有限公司
开　　本：910mm×1230mm　　1/32
印　　张：7.625
字　　数：115千字
版　　次：2020年7月第二版　　2020年7月第一次印刷
书　　号：ISBN 978-7-5133-4088-5
定　　价：42.00元

版权专有，侵权必究；如有质量问题，请与印刷厂联系调换。